本书入选2019年杭州市文化精品工程扶持项目

追梦者

Dream Chaser

骆烨 著

天津出版传媒集团
百花文艺出版社

图书在版编目（CIP）数据

追梦者 / 骆烨著. -- 天津 : 百花文艺出版社,
2022.12
ISBN 978-7-5306-8465-8

Ⅰ. ①追… Ⅱ. ①骆… Ⅲ. ①长篇小说-中国-当代 Ⅳ. ①I247.5

中国版本图书馆 CIP 数据核字(2022)第 240494 号

追梦者
ZHUI MENG ZHE
骆烨 著

出 版 人: 薛印胜　**选题策划:** 汪惠仁
编辑统筹: 徐福伟　**责任编辑:** 孔吕磊
美术编辑: 郭亚红　**装帧设计:** 川　一
出版发行: 百花文艺出版社
地址: 天津市和平区西康路 35 号　**邮编:** 300051
电话传真: +86-22-23332651（发行部）
+86-22-23332656（总编室）
+86-22-23332478（邮购部）
网址: http://www.baihuawenyi.com
印刷: 山东临沂新华印刷物流集团有限责任公司
开本: 880 毫米×1230 毫米　1/32
字数: 145 千字
印张: 7
版次: 2022 年 12 月第 1 版
印次: 2022 年 12 月第 1 次印刷
定价: 65.00元

如有印装质量问题，请与山东临沂新华印刷物流集团有限责任公司联系调换
地址:山东省临沂市高新技术产业开发区新华路 1 号
电话:(0539)2925886　邮编:276017

目录

序章　每个人都有回忆

每个人都有一段青春时光，有些人愿意回忆，有些人却想要忘记。

叶西湖就是想要把青春忘记的那个人，忘记那十年的青春，但往往越想忘记，就越会记起。叶西湖一直以来都是一个向往未来的人，她认为，未来一定比过往更美好。

此刻，叶西湖站在自己办公室，对面是电商城的总部大楼，灯火通明，她时常对自己的员工说，李云那么有钱都这么拼，我们更没有理由不努力。现在叶西湖公司的用房也是她自己买下的，杭州未来科技城板块，一千平方米。李云是叶西湖的精神偶像，是她学习的榜样。她的办公室很大，大的像个会议室。她喜欢简约，所以大办公室里没放多少物品，比较醒目的是一台进口咖啡机。她每天要喝三杯咖啡。助理已经下班，她亲手给自己研磨了一杯。

看着杭州未来科技城的夜景，手里捧着咖啡，叶西湖又想起李云说的话，“二十岁时，这个时代不属于我们，但要相信到四十岁时的那个时代属于我们，未来是属于我们的。”

已过凌晨一点，叶西湖突然想起，今天是她的生日。手机响起，她看了一眼来电号码。每年的这个时候，他都会给她打一个电话，说相同的话。叶西湖接起电话：“你好，余杭。”

电话那头沉默了一下，这一次余杭没有说祝你生日快乐，而是带着颤抖说：“西湖，我要结婚了，就在元旦。”

叶西湖愣了一下，但很快带着笑意地说：“祝……祝贺你，祝福你们。”

余杭说：“对不起……西湖。”

叶西湖沉默了一下：“酒席在哪里办？我一定会抽出时间参加的。”

余杭说：“就在北山路的新新饭店，我把请帖快递给你……”

挂了电话后，叶西湖转身回到了座位上，眼泪不禁流了下来。

三年，她和余杭分手已经三年。今天是她的生日，她三十二岁的生日。叶西湖十九岁那年，从诸暨乡下独自一人来杭州上大学，二十三岁毕业，大学的时候开始创业开网店，卖时尚衣服和饰品，今年刚好是工作的第十年。叶西湖从中学时期就喜欢做梦，做各种梦，那时的梦想就是成为电商“皇后”，她卖的东西都被大家喜欢。她十年前就是网红了，那时杭州城的电商界，谁人不知谁人不晓，她的网名就叫“杭州的梦露”。现在那些粉丝数量过千万的网红，她都不会正眼瞧她们。

也许正是因为傲慢，才让她失去了余杭，她人生中的第一个男朋友，那个曾经一无所有却深深爱着她的男孩。其实她从来没有看不起余杭，她知道余杭也很努力，很拼搏。余杭刚去西溪一家影视公司上班的时候，还“海誓山盟”般和她说，要在杭州城西给她买房。

那时他们多么开心，叶西湖的心里也是真实的开心，哪怕只有一个小小的房间，他们俩也是在杭州有房子的人。但是后来，他们终究没有拥有属于他们俩小小的房子。

叶西湖的眼角渗出泪水，她很快擦拭掉。她不想去回忆从前那些事，又投入工作中，明天上午，不，今天上午，还要和一拨英国客户谈判。很多时候，叶西湖就是靠疯狂工作来忘记以前的事情，忘记和余杭在一起的过去。她总是提醒自己，人是要往前看的，过去的就让它过去，但今天不行，她完全没有心思工作，总会想起和余杭的点点滴滴。

夜已深，叶西湖关掉电脑，离开办公室。

凌晨一点半的杭州文一西路空荡荡的，不过对面电商城还是亮着许多灯，有一次叶西湖工作到凌晨三点，还能看到电商城有人刚下班。她有时想，李云真是个吸血鬼老板。

叶西湖开着跑车回去，她现在的家离工作地点不算远，如果不堵车，十五分钟就可以到达。今天不一样，她的心情不一样，她想让时间过得慢一点，车也开得很慢。从文一西路拐到紫霞街的时候，收音机里刚好在播《好久不见》。要做到不去回忆，也是挺难的。

车子开进了西溪诚园。叶西湖三年前在这里买了房子，当时这个小区的房价是每平方米三万七千元，现在已经涨到快十万元了。那时叶西湖刚和余杭分手，想离开这个伤心地，回诸暨枫桥老家，后来转念一想，凭什么要滚回老家，老娘就是要在杭州立足，于是咬了咬牙，在这个楼盘买了房。当时也是需要勇气的，这几乎花光了叶西湖和她爸妈所有的钱。她那时和她爸妈说，年底就会把钱还给他们。

就在这一年，叶西湖辞去了丽蒂化妆品公司销售总监的工作，自己再次创业，干起了电子商务。

这一晚，叶西湖彻夜未眠，不是想工作上的事情，而是想余杭，他终于结婚了，终于不再等她了。他娶了哪个女孩做新娘？无论是谁这个新娘都不会是她叶西湖。其实她之前在西溪慢生活区见过余杭的一个女伴，应该就是那个女孩子。那次偶遇，余杭很尴尬，都说不出话，还是叶西湖替他缓解了尴尬，说什么老同学好久不见。是的，好久不见，他们分手后就只见了那一次。

叶西湖睁着眼，看着外面的天慢慢亮了起来，她看了一眼手机，再过两小时就得去公司了。索性早些起床准备，今天要给英国客户推销的是一批她老东家丽蒂化妆品的新产品，如果能够做成这一单，成功把中国的化妆品打入欧洲市场，在杭州电子商务历史上将会具有划时代的意义。想到这一点，叶西湖就很激动，她精心地化了妆，一个淡妆。其实她之前很少化妆，以前还在朋友面前很自豪地说自己就算五十岁了也不用化妆，但现在三十五岁不到，她明显感觉皮肤不如三十岁前。

叶西湖对镜子里的自己说了句："加油！"虽然有点幼稚，但这是她大学刚毕业创业时经常对自己说的，而且总能给她带来好运。

到公司的时候,助理文新已经准备好了咖啡,昨晚那杯咖啡的劲似乎还在,但她还是拿起杯子喝了一大口。

文新说:“叶总,戴维他们九点到商务谈判区。”

叶西湖说:“嗯,我们准备一下,去那里等他们。”

文新说:“好的,叶总。”

叶西湖站在窗口,看着文一西路的车水马龙,慢慢地把杯子里的咖啡喝了下去。

商务谈判区,叶西湖、文新还有两名员工站在门口,戴维和他的两名同事从电梯里走出来。

叶西湖迎上前去:“你好,戴维先生。”

戴维笑脸相迎:“叶总这么早就等待在这里了, 真是不好意思。”

叶西湖说:“我们也是刚到。”

戴维向叶西湖介绍了他的两名中国区的同事。叶西湖其实已经在网上和戴维进行过一次商务谈判。叶西湖和戴维的一个同事相视一笑,他叫钱唐,海归男。

双方坐下来,叶西湖又亲自介绍了丽蒂的新产品。

戴维为叶西湖鼓掌,戴维:“叶总真是好口才,不过这个产品进入欧洲市场的成功率可能不到百分之二十。”

文新和叶西湖的几个员工都愣在那里。

叶西湖还是面带笑容:“嚯,竟然有百分之二十的成功率,我本以为会不到百分之十。”

戴维问:“叶总是什么意思?”

叶西湖说:“这个品牌在我们国内已经很有影响力，但想要进入欧洲市场,确实很难。你们欧洲人以前说,看不起我们中国人生产的东西。”

戴维笑着说:“不不不,我们欧洲人很喜欢你们中国的瓷器,中国的瓷器可是世界一流的。”

叶西湖心头一动,道:“原来戴维先生还喜欢中国的瓷器。”

戴维微微点头:“还可以。”

叶西湖说:“其实中国有很多产品,就如我们的瓷器,是世界第一流的,比如化妆品。其实从原材料来说,中国的化妆品一点不比欧洲的差,价格却差了好几倍,甚至是十倍以上。”

戴维他们认真地听叶西湖讲话。

叶西湖继续说:“可就算价格相差这么多，欧洲人还是不会选择中国的化妆品。这是为什么?信任问题。但是丽蒂不同,这家公司本身,已在中国香港上市,我在丽蒂工作了三年,从老总到各地区的主管，思维都国际化，老总周家村二十世纪九十年代留学美国,他的理念一直是先进的,创办丽蒂这个品牌后,一直研习国外的化妆品。从原材料到生产、销售,他都是亲力亲为,为的就是把中国制造的产品,做成世界品牌。”

戴维微微点头:“好,叶总说得非常棒。我有个疑问,像丽蒂这么优秀的公司,你怎么就离开了?”

叶西湖说:“因为它开始停滞不前了,但是我需要进步。丽蒂化妆品公司最大的问题就是销售,如果只做实体店柜台,我敢说,不出五年,就会进入一条死胡同。”

戴维说:“可现在有叶总这一条路了。”

这时,叶西湖的手机亮了一下,她瞥了一眼,是老同学夏莎。她没有拿起手机,而是喝了一口水,接着说道:“丽蒂的周总是我的前辈,也是我的师父,他教会了我很多东西,我理应感恩,让他们公司的业绩上去,把丽蒂这个品牌打响。”

戴维一位同事开口道:“叶总,我很欣赏您的感恩之心,但是,关键问题是欧洲人对中国品牌的信任度。”

叶西湖淡然一笑:“所以我们的产品经过严格把控和检测。”

戴维说:“叶总想用互联网把丽蒂的产品推销出去,你有多大的信心。”

叶西湖说:“二〇一七年时,我们国家化妆品零售额达两千五百多亿元,其中互联网消费规模达到了一千六百多亿元。我相信接下去的市场,无论是中国还是欧洲,互联网消费规模会达到百分之七十以上。”

戴维和他的同事对视了一眼,点了点头。

戴维说:“叶总,合作之事我们回去后再好好考虑一下。”

叶西湖说:“我等你们的消息。”

双方握了手,戴维他们离去。

文新连忙凑到叶西湖面前:“叶总,这事算成了吗?”

叶西湖说:“不成。没听见他们说要考虑一下吗?”

文新瞪大眼睛:“啊?那怎么放他们走了?”

叶西湖说:“如果这么容易就成功了,那不是所有人都能做国际互联网销售了?”

文新和另外两个员工似懂非懂地点了点头。

叶西湖拿起手机,看了一眼夏莎发来的消息:余杭要结婚了,你知道吧?他刚和我说了。你去吗?

叶西湖眼睛看着手机,嘴里说着:“欧洲有太多的有钱人了,真正的有钱人是不在乎钱的,他们在乎的是品牌。所以两点:一是提高丽蒂的品牌知名度,二是通过网络销售,先把一部分产品杀入欧洲市场。这两步,同时进行。”

叶西湖回了夏莎一个字:去。

第一章　前男友的婚礼

余杭和妻子童琳苹的婚礼在西湖边的新新饭店举行。新新饭店是民国时期的建筑。

大学时,余杭和叶西湖第一次来这里,叶西湖就很喜欢,她对民国时期的事和物都有极大的兴趣。他们逛了新新饭店后,余杭提议在这里吃一顿晚饭,叶西湖一看菜单上的价格,立即拉着余杭离开了。

余杭明白,女友叶西湖舍不得吃这么贵。确实,他的口袋里也没有多少钱,只够两个人吃一碗西湖莼菜羹。那一刻,余杭脑子里突然有个念头,以后要在新新饭店办婚礼。梦想实现了,只是现在余杭要迎娶的新娘不是叶西湖。

婚礼当天,余杭老家的亲戚没有来多少,琳苹是杭州郊区人,来的亲戚朋友比较多。余杭早早地站在了新新饭店的门口,他几乎邀请了大学时的所有同学,如果大部分能来,那这不但是一场婚礼,还会是一场同学会。

最先到的是沈富阳和林安夫妇。沈富阳是杭州本地人，大学毕业就考了公务员，现在在蒋村街道上班，大家都叫他沈书记。沈富阳和林安在大学时就开始谈恋爱，虽然当时沈富阳的爸妈不同意，但在还没有拿到毕业文凭的时候，林安怀孕了。生米煮成熟饭，家长也就没有办法了。这不，现在沈富阳牵着一个十岁的小女孩，林安还挺着个大肚子，二胎也马上要出生了。在所有人眼里，这对夫妻是很幸福的，老同学们都羡慕不已。

余杭迎了上来："嫂子又有了啊。真是让人羡慕！"

沈富阳说："你也加油啊。"

余杭说："是是是，向沈书记学习。"

沈富阳拍了一下余杭的肩膀："你就别取笑我了，什么书记不书记的，我就一个公务员。"

余杭说："那也是我们的领导啊。嫂子，你说是不是？"

沈富阳说："你们嫂子才是我的领导。"

林安说："沈富阳别废话了，人家余杭还忙着呢。"

沈富阳说："对对，今天新郎很忙的。"

余杭说："没事没事。"

这时，琳苹家来了亲戚，她喊了一声："余杭，我三叔他们来了。"

余杭说："好，这就来。富阳、林安，你们里面坐，在第六桌。"

沈富阳说："好的，你忙。"

余杭转身走向琳苹家亲戚。

沈富阳和林安走了进去。沈富阳回头看了一眼余杭，对林安说:“我看余杭以后的日子不太好过。”

林安瞪了沈富阳一眼:“管好你自己。”

沈富阳说:“对对,管好自己就好。”

林安也回头看了一眼:“哎,你说今天叶西湖会不会来?”

沈富阳说:“对哦,余杭和她恋爱了这么多年,还同居……”

林安“嘘”了一声:“别叫余杭老婆听到了。”

沈富阳笑嘻嘻地:“谁没个过去啊。”

林安又瞪了一眼沈富阳。沈富阳笑了笑:“走走走,小美,我们找一下第六桌在哪里。”

余杭和琳苹三叔一家打了照面,有点虚情假意地笑着,转而又向西湖边望了望,来的客人中没有他要等的人。余杭心里有点焦虑,但还是迎接着琳苹家的亲朋好友,不断假意微笑着。

琳苹也看出了丈夫的不自在,问了句:“怎么了?不舒服吗?”

余杭说:“噢,没事,只是有点紧张。”

琳苹笑着:“紧张什么,我们家亲戚都很好的。”

余杭说:“嗯嗯,是的。”

余杭又向新新饭店的入口处看了一眼。还是没有他要等的人。

其实今天叶西湖下午就回了家,不过她没有精心打扮,换了一条素雅的裙子,外面加了一件皮衣。今天是余杭的婚礼,会见到他的妻子,也会见到那些很久不见的老同学,她觉得这种场合应该低调一点,最好大家都不会发现她。

叶西湖出门前给夏莎打了个电话:“喂,你那边好了没有,我来接你。”

夏莎回了句：“马上，马上好……”随即挂了电话。

叶西湖知道自己的这个闺蜜其实蛮不靠谱，每次说“马上好”，一般都是要半小时后才好。

夏莎在杭州拱墅区做二手房中介，工作了这么长时间，因为经常跳槽、性格懒散，她在事业上几乎没有什么成绩。她做过公司职员、老板助理、保险员、售楼小姐，也做过微商，有一段时间，还差点做了一家上市公司高管的情人，后来发现这个高管就是个骗子，想要转正比在股市里发财还难。她还理直气壮地说：“女孩子需要这么拼吗？以后找个好男人嫁了不就行了。”这话说得很有道理，全世界的女孩都懂，可关键问题是，天下哪有这么多好男人等着你。

夏莎这几年来换过的男朋友几乎和换过的工作一样多。现在做这个二手房中介的时间已经算很长了，自从去年杭州买房要摇号后，二手房开始好卖。当然也有比较难搞的客户。今天夏莎的这个客户就是个例子，长得跟猴子似的，贼精，夏莎一看就知道不好对付，已经带他看了五套房，她穿着高跟鞋，快要跑断腿。

夏莎问这个猴精：“请问这套房子满意吗？这可是我们手头上最好的房源了。”

猴精靠近了夏莎。夏莎知道这个客户想要占她的便宜，为了能做成这一单，她还对猴精暧昧地一笑。

猴精假装不经意间摸了一把夏莎的大腿。虽然隔着裤袜，但夏莎心里还是有股恶心感。她说：“马先生，要不我们去签合同吧。”

猴精笑了笑：“不急嘛，再看看，再看看。”

夏莎有些来气："不好意思，我今天还有事，您如果真想买房，就定这套，如果想干别的，就给我滚蛋。"

猴精拉下脸："你什么态度啊。"

夏莎狠狠地说："我就这态度，怎么了？"

猴精指着夏莎说："我要投诉你。"

夏莎冷笑一声："爱干吗干吗。老娘不伺候。"夏莎挥一挥衣袖，扬长而去。

猴精还在后面嘀咕着。

夏莎一直到了叶西湖的车上，还在生气。

叶西湖看了一眼夏莎："哟，哪位老板惹我们的大美女不开心了？"

夏莎："什么老板，根本就不是人，一猴子。"

叶西湖说："猴子？"

夏莎捏了捏小腿说："别提了，简直是个变态。跑了我大半天，还占我便宜。"

叶西湖大概明白了什么，没有说话。

夏莎说："哦，对了，今天是去参加你前男友的婚礼，我得换身衣服。"

叶西湖还是没有说话。

夏莎脱掉了工作服，从包里拿出一套鲜红的衣服，迅速地换上，又补了妆，见叶西湖还是不说话，脸上露出笑容："参加前男友的婚礼，这滋味是不太好。"

叶西湖说："没有。"

夏莎说："哎，其实我一直觉得余杭这小子会重新追你，没想到他好马不吃回头草啊。"

叶西湖拉下脸："谁是草？"

夏莎说："嘿嘿，别生气，我只是随口一说。西湖，天下何处无芳草，何必单恋余杭这傻小子。"

"没有单恋他。我现在对他已经完全没有感觉，所以才会去参加他的婚礼。"叶西湖看着前面。

夏莎说："哟哟哟，真的吗？"

车子开到了西湖边，有点堵车，叶西湖看着南山路飘下来的落叶："对，天涯何处无芳草。"

夏莎拍了拍叶西湖的手背："想通了就好，看老娘现在多潇洒。男人嘛，衣服嘛，不想穿了就重新买。"

叶西湖没有说什么，开车往新新饭店而去。

新新饭店，余杭和童琳苹的婚礼，亲朋已经差不多到齐。余杭走到老同学这一桌，问："还有谁没有到啊？"

沈富阳笑着："你不是明知故问。"

余杭说："叶西湖、夏莎，还有谁？"

沈富阳说："对，萧山也没有到。"

"我去门口看看。"余杭走向了饭店门口。

叶西湖和夏莎刚停好车进来。夏莎看到了余杭："新郎官今天很帅啊。"

余杭看着叶西湖："西湖，你，你们来了啊。"

叶西湖和余杭对视，像两个多年未见的老同学，只是老同学的关系，但只有他们俩心里明白，这是如何的百感交集。不过叶西湖很快反应过来：“祝贺你，余杭。”

气氛有点尴尬。

余杭“噢”了一声，不知该说什么。

这时，琳苹从里面出来：“余杭，你的同学都到了吗？”

余杭转身对妻子说：“到了，到了。”

琳苹看了一眼叶西湖和夏莎，没有认出叶西湖，淡淡一笑：“那快进来吧。”

叶西湖和夏莎跟着余杭进了新新饭店。

沈富阳看到她们，站了起来：“哈，叶西湖，我们的班花来了啊。”

叶西湖没说话。夏莎说：“沈富阳，林安在这里，不怕她晚上回去让你跪键盘。”

沈富阳说：“嘿嘿嘿，叶西湖是班花，我们家林安可是系花，那是高一个级别的。”

夏莎说：“果然是当领导的。”

林安招呼着：“西湖、夏莎，快坐下来，别听他扯。”

夏莎看着林安的大肚子：“林安，你真是我们女同学里最厉害的，二胎也快了啊。”

夏莎又指了指小美：“女儿都这么大了。”

林安对女儿说：“小美，快叫阿姨。”

小美说：“阿姨好。”

夏莎说:“其实真想让你叫我姐姐呢。”

沈富阳说:“还想装嫩,你们俩什么时候结婚啊?”

夏莎说:“老娘就是嫩,老娘不结婚,怎么了?”

林安坐在叶西湖的旁边:“西湖,你怎么样?我们也快五年没有见面了,上次见面还是在骆家庄。”

叶西湖淡然一笑:“是啊,时间过得很快,还能怎样,工作呗。”

林安问:“现在在哪里上班?”

夏莎插话:“什么上班啊,我们叶总现在可是大老板,未来科技城电子商务公司的老总,资产过……”

叶西湖打断了夏莎的话:“夏莎。”

夏莎笑了笑:“现在的大老板都很低调。”

沈富阳问道:“哎,今天来参加余杭婚礼的同学是不是还有人没来?”

夏莎看了看:“都来了吧。”

沈富阳拿起桌子上的名单:“不对,萧山,他没有到。”

林安问:“萧山是谁啊?”

沈富阳说:“我好像也没有印象了。”

旁边一个叫李滨江的同学说:“就是那个平时话不多的,闷葫芦,上课喜欢穿拖鞋。”

沈富阳拍了一下脑袋:“对对,我记起来了,那时他和余杭好像关系还不错。”

李滨江说:“所以今天才叫他的吧?也不知道他混得怎样。”

夏莎说:“一般迟到的都是大人物,大领导。富阳,我说得对吧？”

沈富阳说：“有可能，说不定已经是杭州哪个区的领导了。也有可能像我们叶总一样，是大老板了。”

叶西湖没有听同学们说话。她一直在喝茶，时不时假装不经意看向余杭那边。

其实余杭也偶尔看向叶西湖。当然今天他是新郎，新娘不是叶西湖。

余杭趁着婚礼还没有正式开始，走向了老同学这一桌：“都到了吗？”

沈富阳说：“就差萧山了。”

余杭说：“萧山好像很忙，不过上午给我发来信息，说一定会准时参加。”

沈富阳说：“人家忙，我们也不管他，余杭，今天是你大喜的日子，咱们老同学又十年没见了，一定要不醉不归。”

林安在一旁看着沈富阳。沈富阳才改口：“老同学结婚，喝一点。”

夏莎嘲笑沈富阳：“我们的沈领导想不到还是个妻管严啊。”

沈富阳说：“我这是尊重老婆，老婆你说对吧？哎，余杭，你以后也要向我学习，我们要尊重老婆大人。”

余杭只是礼节性地点头，他不敢看叶西湖。一个伴郎走过来：“余哥，婚礼马上开始。”

余杭说：“好，我这就来。”

沈富阳说：“你赶紧去忙。”

“过会儿过来敬酒。”余杭快步离开。

叶西湖一直低头喝着茶水，直到婚礼进行曲响起，婚礼司仪宣布婚礼开始，才抬起头来。

证婚人出场，念着很套路的文字，随后余杭的父母和童琳苹的父母也上了台。叶西湖之前见过余杭父母的照片，几年过去，他们明显苍老了不少。叶西湖想，当年如果和余杭继续下去，这对老人现在就是她的公公婆婆了。她立即中断了自己的思绪。时光不可能退回去。

司仪在上面让新郎新娘交换结婚戒指。

余杭拿出了结婚戒指，戴到琳苹的手指上。他的心里还是幸福的。他有时候想，人生哪有什么十全十美，不完美的人生也许才是美好的。他和琳苹是经人介绍认识的，谈了差不多一年，见了双方父母，父母们都挺满意。余杭看到妻子脸上也洋溢着幸福的笑容，这一次他没有再去看场下的叶西湖了，他知道眼前人才是他的女人，才是应该珍惜的。

余杭和童琳苹喝交杯酒的时候，场下的沈富阳鼓起掌欢呼，林安拉了他一下，因为林安看到叶西湖的脸上一直没有笑容。

叶西湖似乎也发现老同学在观察她，象征性地鼓了一下掌。

婚宴正式开始，萧山才赶到。

沈富阳打趣着：“嗨，萧总，您从美国飞回来的吗？怎么才到啊？”

萧山低着头说：“有点事耽搁了。”

沈富阳指着萧山说：“罚酒。”

萧山还是低着头说:“我不会喝酒。”

沈富阳说:“哎，今天是余杭的好日子，又是我们毕业十年之际,来,大伙儿拿起酒杯,喝！西湖,喝酒啊。”

叶西湖说:“我开车,就以茶代酒了。”

沈富阳说:“喝什么茶啊,叫代驾。老同学结婚,得热闹一点。”

叶西湖还是没有喝酒。

林安又拉了一下沈富阳,说:“人家不喝酒,你就不要劝酒了。”

夏莎拿起叶西湖的酒杯:“这一杯我替西湖,干了！”仰头一口喝掉了,随后又喝掉自己酒杯里的酒。

李滨江说:“哇,看不出来,我们的夏莎还是位女侠啊。”

夏莎说:“那当然了,你们谁敢跟我喝,老娘肯定放倒他。”

大家都笑。

叶西湖说:“夏莎,你以后也少喝点。”

夏莎说:“西湖,今天是特殊日子嘛。”

叶西湖突然站起来:“对,今天是特殊日子,得喝酒。”

叶西湖的这一举动,反而让大家愣住了,沈富阳也愣在那里。其实大家心里都明白,一个女孩子参加前男友的婚礼,心里多少有些不是滋味。

夏莎说:“这就对了嘛。”

沈富阳说:“是是,喝酒。过会儿余杭过来,我们老同学可得好好灌他。”

夏莎说:“嗯,谁叫他做了负心人……”

叶西湖百感交集，沈富阳也是聪明人，立即把话题转向了萧山：“萧山，听说你就在城西这边，怎么都不和老同学联系？”

萧山低着头说：“没，没，就是太忙。”

沈富阳说：“老板做大了，就不想和老同学联系了是吧？”

萧山微微抬头说：“没有。”

沈富阳继续问道：“你在城西哪一块啊？”

萧山说：“梦想小镇这边。”

沈富阳说：“噢，我懂了，你和李云一样。”

萧山声音很低地说：“没有。”

夏莎说：“哎，萧山，说起梦想小镇，我好像真的在那边见过你，但不敢认。”

萧山抬头看夏莎：“啊？”

李滨江说：“哈哈，我们夏大美女还有不敢认的男人啊。”

夏莎说：“我敢认，我们萧总不敢认我啊，是不是，萧总？”

萧山的脸一下子就红了。

沈富阳说：“夏莎，你别总欺负我们萧山好不好？你看看，他脸都红了。萧山，你是不是喜欢夏莎，偷偷跟踪她呀？哈哈哈。”

萧山说：“没有啊。”

夏莎拉了一下萧山：“萧山，你别理这个沈富阳。”

同学们正聊得开心，林安看到余杭和新娘要过来敬酒，说：“我们的新郎官来敬酒了，你们还是想想怎么惩罚他吧。”

沈富阳说：“对对对。小美，放一样东西到碗下面，让新郎官叔叔猜。”

林安没有放，说了句：“幼稚。”

大家哈哈大笑，叶西湖也笑了一下。

余杭和童琳苹过来敬酒。沈富阳说："余杭，你可算来敬老同学了，我们叶西湖……哦，还有夏莎，都等不及了。"

余杭说："不好意思，今天招待不周，我和琳苹敬大家。"

余杭倒了小半杯红酒。沈富阳挡了一下："老同学，必须一个一个敬。"

余杭有些为难。

沈富阳说："你先敬叶西湖。"

余杭看着叶西湖。叶西湖没有看他，她有意避开了余杭的目光。倒是童琳苹很大方，当然估计她不知道丈夫和叶西湖的过往。

童琳苹说："余杭，我们一起敬你的这位女同学吧？"

余杭说："好，好的。"

叶西湖拿起酒杯，露出笑意："祝福你们。"

童琳苹微笑着："谢谢。"

余杭没有说话，一口喝掉。叶西湖也喝了一口。随后，沈富阳又叫着："余杭酒量其实很好的，快，一个个敬。"

余杭一杯一杯敬着酒，打了一个圈，伴郎手中的酒壶已经倒空。

沈富阳还不放过余杭，说要单独再喝。

童琳苹似乎有些不高兴了。气氛有点尴尬，沈富阳也看出来了，又连忙说："余杭，你先去别的桌，过会儿再来。"

一直到酒席结束，余杭没有再来。沈富阳有点埋怨："看来这个余杭是怕了……"

林安说："你差不多就行了。"

叶西湖站起来："我叫了代驾，马上到门口，老同学们，我们下次再聚。"

沈富阳说："这么着急走啊。"

林安说："我们也差不多了。"

夏莎说："反正大家都在梦想小镇这一带，以后可以常聚，我们已经建了一个聊天群。"

李滨江说："对，我也在梦想小镇旁边，仓前章太炎故居那里。"

萧山坐在那里，没有说话。

沈富阳说："那好，今天余杭也比较忙，下次有时间好好聚。"

大家去和余杭告别，叶西湖没有过去，径直往酒店外走去。夏莎跟上来："干吗这么着急？"

叶西湖说："代驾到了。"

夏莎趁着酒意说："我看你是不想再面对余杭。"

叶西湖很坚决地说："对，不想。"

两人走到了外面，天空飘起了雪。叶西湖愣在了那里，伸出手去接落下来的雪花。余杭曾和她一起在断桥边看雪，那时没有现在这么多人。拍的照片在他们分手时，都删掉了。要是这段记忆也能一起删掉，该多好。

夏莎打断了叶西湖的思绪："哎，那不是萧山嘛，他怎么……"

叶西湖顺着夏莎指的方向看过去，不远处，萧山骑着一辆快递车离开，消失在人群中。

夏莎中了奖似的叫了一声："噢，我记起来了，那次我在梦想小镇那边看到萧山在送快递。原来他是快递小哥啊。”

叶西湖说:“快递小哥怎么了,人家也有自尊心。”

夏莎瞪大着眼睛说:“我……我又说错话了?”

叶西湖说完,走向自己的跑车。

余杭的婚礼结束得有点早,无论是老同学,还是童琳苹家的亲戚,吃完饭就回家了。余杭喝醉了,他本来以为要闹洞房,结果什么也没有闹,琳苹把他扶进房间,问了句:“喝这么多酒干吗?”

余杭似笑非笑:“没喝多,琳苹,今天我开心,一开心就容易喝醉。”

琳苹发现丈夫的眼角有泪痕,问:“你怎么了?”

余杭说:“琳苹,我余杭能娶到你,真的很幸福。”

琳苹轻轻地抱住了余杭:“老公,我也觉得很幸福,我们俩虽然是相亲认识的,但是我觉得你真的很好。我们要一直好下去。”

余杭拍了拍妻子的肩膀:“嗯,永远好下去。”

琳苹说:“对了,今天收的份子钱,我爸妈说全部归我们。”

余杭答应了一声,琳苹已去拆那些红包,一边数钱,一边还做记录。

琳苹说:“那些没有结婚的,以后还得还回去。”

她突然叫了一声:“这个份子钱挺多啊,整整一万元,我看看是谁的?”

余杭本无心去理会妻子,但琳苹说出了那个名字:“叶西湖。你同学啊?”

余杭看着琳苹："一万元？呵，她现在是有钱人。"

琳苹说："没结婚的，就算给我们包十万元，我们不照样得还给她？"

余杭没有再说什么。余杭没有去想叶西湖，如果自己心里还想着她，那他就太对不起新婚的妻子。

这一夜，他却失眠了。而失眠的人，不仅仅是他，叶西湖也一夜未眠，前男友的婚礼场面不断地在她的脑子里回旋，喧闹的声音久久不能消失。

第二章　梦想小镇里的同学会

叶西湖本以为参加完余杭的婚礼，就不太会和这些同学见面了。一周后的周六午后，叶西湖懒洋洋躺在床上不愿意起来。一个陌生电话打了过来，前头两个她都没有接，现在推销房子的电话太多，大周末都在加班加点。第三个电话打进来的时候，她才接起："你好，哪位？"

"老同学啊，你可真够忙的，微信不肯加，电话也不接啊。"

"你是？"

"真是贵人多忘事。我富阳啊。"沈富阳在电话那头用揶揄的语气说。

叶西湖说："你才是贵人，沈书记今天怎么想到给我打电话？"

沈富阳说："嘿，我早就想给你打电话，又担心打扰你谈几千万的业务。"

叶西湖说："好了，别贫嘴，有什么事？"

沈富阳说："其实也没有什么事，上次余杭婚礼的时候，不是说老同学们再聚一下吗？怎么样，明天有时间吗？地点就在梦想小镇。”

叶西湖说:“明天？”

“余杭我已经叫好了,放心,这次他老婆不会来。”沈富阳鬼鬼地说,似乎还偷笑了一下。

叶西湖说:“他老婆关我什么事。”

沈富阳说:“好,你要是不心虚,明天下午三点,梦想小镇创客空间,不见不散。”

叶西湖本来还想找个理由拒绝,沈富阳那边已经挂了电话。

知道中了沈富阳的激将法,虽然她完全可以置之不理,但她又在怕什么呢?

第二天中午,叶西湖没有怎么打扮,穿了一套运动装,和老同学见个面就去健身房。据说,现在健身房是黄金单身族的桃花源,一来可以锻炼身体,二来可以逃避现实,戴上耳机跑步,把整个世界抛弃。

叶西湖三点钟从家里出发,她知道夏莎肯定会参加,不料夏莎竟然还在睡觉。

夏莎说:“你不给我打电话,我都差点忘了。”

叶西湖问:“你怎么还在睡？”

夏莎说:“昨夜到很晚呢,我凌晨两点才回来。”

叶西湖说:“你赶紧起床过来吧。”

“嗯,知道了。”夏莎睡眼蒙眬,自己身边躺着一个男人,她竟然想不起来他叫什么名字。真是喝断片了。

叶西湖是不喜欢迟到的人，但她和那些老同学也不熟，估计现在也没有共同语言，所以她打算慢慢过去。其实她还是不想见余杭，见了会尴尬，倒不如少见，或者不见。

现在的梦想小镇，是杭州城年轻人的创业基地，汇聚了许多新兴产业。小镇前面是电商城的总部，后面是杭州师范大学，这一带年轻人特别多。

叶西湖的公司离这里很近，有时中午会过来喝杯咖啡。本来今天也打算喝杯咖啡再去和老同学们相聚，不料刚停好车，打开车门时，发现余杭也在停车。

余杭对叶西湖笑了笑："这么巧。"

叶西湖回应道："是啊，这么巧。"

曾经热恋的情人，现在只剩下"这么巧"这三个字，多少有些惘然。叶西湖看到余杭开的车，想起有一年夏天，她和余杭从西城广场的电影院出来，一辆白色车从他们身边经过，她说她很喜欢这款。余杭说他一定会给她买这款，虽然当时余杭自己还骑着自行车，一个月只能赚五千多元。要实现买这款车的梦想，似乎有些难度。让叶西湖感动的是，第二年余杭的一个网络小说卖掉版权，拿到了十五万元版税，第一件事就是贷款买这款车，车主的名字写了叶西湖。叶西湖当时感动坏了，要知道余杭可是一个抠门鬼，平时过得很节俭，这样的礼物确实有些丰厚。余杭说："西湖，你喜欢的东西，会是我一辈子喜欢的东西。"

叶西湖没想到，余杭还喜欢着她喜欢的东西。

余杭说："一起走吧。"

叶西湖点了点头："嗯。"

两人一起走向创客空间。

创客空间有安静的小包间，沈富阳却选择了外面的大圆桌。叶西湖和余杭刚进门，沈富阳就喊起来："你们看，他们俩就是一起来的嘛。你们输了。"

李滨江说："好好，过会儿我自罚三杯。"

叶西湖有点尴尬。

余杭注意到了叶西湖的神色，对沈富阳说："你们在干吗？"

沈富阳过来拉余杭："余杭，嘿嘿，我们刚才啊，打了个小赌，说你和西湖会不会一起出现。其实一起出现的概率很低的，我还是赢了。"

余杭带着警告说："别拿我们开玩笑。"

沈富阳一看余杭的神色，连说："不会不会，知道你余杭已经是有妇之夫了。不过你真的放下叶西湖了吗？"

余杭没有说话，眼睛直直地盯着沈富阳。

沈富阳连忙说："来来来，快坐下，大家都别站着了。"

叶西湖选了靠门的位子坐下，方便过会儿随时能离开。

余杭没有靠近叶西湖，选了一个靠角落的位子。

周末人不多，最热闹的就是沈富阳他们这一桌，饭前大家都已经聊开，聊着彼此的职业，除了上次余杭婚礼上的几个同学，又来了另外几个老同学，也是在杭州。叶西湖都快叫不出他们的名字。

十年，男同学相见说得最多的一句话是："你小子没怎么变，就是胖了。"

是的，大家都胖了。尤其沈富阳，大学时候本来也不瘦，毕业后考上了公务员，老婆又生了孩子，事业家庭双丰收，自然就发福了。

沈富阳说：“没办法，整天坐着，晚上回家看看电视就睡觉了，十年重了整整五十斤。”

李滨江问：“哎，我们的沈领导，你现在是什么级别？处级干部了吧？”

沈富阳摸着自己的肚子说：“什么‘初级干部’，你也太小看我，我都快‘高级干部’了。前些日子体检，医生说我已经有了高血压和高血脂。”

众人笑。

叶西湖玩着手机，热闹是他们的，她刚好可以一个人清静。余杭看了一眼叶西湖，他本想和她聊天，但找不到话头，而且这么多同学在，也不方便，于是作罢。

手机，是当代人最好的朋友，也是最坏的朋友。在安静时玩，在喧嚣中玩，时间就这样“唰”地走了。

叶西湖觉得这样的同学聚会其实蛮无聊，现在的同学会基本不会有人炫富，真正有钱有能力的人都很低调。她给夏莎发信息：“什么时候到？”

夏莎回道：“快了。”

叶西湖猜夏莎虽然不会马上到，但过半小时肯定会到，等夏莎来了，她就准备撤退。

今天夏莎说快了还真是快了，五分钟就到了。同学们的酒局刚开场，夏莎就风风火火地走进来。大学时候，夏莎就是他们管理系的风流人物她一进场，就吸引了全场的目光，旁边几桌本来在窃窃私语的顾客，也把目光转向了她。

在所有人的目光中，有一双目光是带着爱慕的。

沈富阳大喊了一声："我们系花终于来了，男生们都等不及了，尤其是我们萧山。"

沈富阳说着，拍了一下萧山。萧山吓了一跳，站了起来，对夏莎尴尬地笑着点头。今天萧山来得很准时，和余杭一样，选择了一个角落的位子，但被沈富阳拉了过来聊天。沈富阳一直想要问出萧山的职业，但萧山一直没有说。

夏莎没有看萧山，朝大家说："我还没有到，你们都已经喝上了。"

李滨江说："那你可得补上啊。"说着，给夏莎倒了一杯酒。

夏莎接过杯子："我还刚好渴了。"

夏莎一口气喝掉了杯子里的酒。

男同学们欢呼。

夏莎连着喝了三杯，才发现叶西湖坐在靠门的位子。夏莎说："西湖，你怎么坐在这里啊？"

叶西湖说："你来了，我过会儿就走。"

夏莎说："难得开一次同学会，你干吗这么着急走，是因为余杭在吗？"

叶西湖说："没有，我不喜欢这样的场合。你随意，去玩吧。"

夏莎说："我还想着要是喝醉了，你带我回去呢。"

叶西湖说："少喝点，去吧。"

这时,沈富阳站起来,像个大领导一样挥着手,说:“十年了,这是我们树人大学二○○八届管理系同学的一次聚会,虽然来的同学不多,但也是一次同学会。都说毕业十年是一个分界点,事业的分界点,家庭的分界点,当然也是金钱的分界点。十年,有些人赚了很多钱,当然我沈富阳没有赚多少钱。”

同学们笑,刚才那个男同学又说:“富阳你放心,我们不会问你借钱的。”

沈富阳说:“问我借,也没有钱借,我的钱都在老婆那里。”

夏莎说:“你就装吧,老实交代,藏了多少私房钱?”

沈富阳说:“大美女啊,私房钱嘛,还真藏了一点,不然今天都没法打车回家了。哈哈哈。”

夏莎说:“大家都听到了啊,沈富阳藏了私房钱,过会儿就告诉林安。”

沈富阳说:“别啊,好了,这个话题不聊了,喝酒。”

李滨江走到余杭身边,和他碰了一下杯:“余杭,听说你在做影视?”

余杭说:“是的,一直在做影视。”

李滨江说:“挺好,现在影视产业可是新兴产业,很赚钱的。”

余杭说:“哪有,这个行业外人看着光鲜,其实竞争很激烈。而且现在又是影视寒冬,难做。”

李滨江说:“各行各业都一样。你看看像我们做医药销售的,是真辛苦,差不多每天喝酒。”

余杭对医药不了解,只是点点头,应付李滨江:“都一样,都一样。”

沈富阳又在那里说开了：“我发现，这个梦想小镇真是好地方啊，年轻人多，就有青春气息，来到这里，就像回到了大学时期。”

“是啊，想想我们大学时候多单纯啊，什么都不用去想。”夏莎这话一出口，大家都在暗笑，有些意味深长。只有萧山默默地看着夏莎，没有笑，也没有说话。

同学们开心地喝着酒，聊着天，但相互之间其实已经有了一层隔膜，似乎都隐藏着自己的一个秘密，这个秘密说大不大，说小也不小，只是都不想说出来。

沈富阳似乎已经有点喝多，绕着舌头说：“其实，我们留在杭州的几个同学，都没有走远，都在城西这一带，但就是不联系。”

李滨江说：“这就是你这个当领导的责任了。”

沈富阳说：“去你的李滨江，我沈富阳挺忙的，哪有时间召集同学会。不过幸好上次余杭的婚礼，让同学们又相见了。”

沈富阳拍拍余杭的肩膀：“余杭，你小子现在做影视，混得挺好的，又娶了个拆迁户的女儿做老婆，这辈子都不用愁了。”

夏莎说：“沈富阳，你喝多了吧？都乱说话了。”

沈富阳说：“我怎么乱说话了？”

叶西湖看了一眼沈富阳，觉得他真的喝多了。趁着余杭说话间隙，她离开了创客空间。

余杭说：“好了，富阳，你先坐下歇会儿。大家聚在一起很开心，上次我婚礼上有招待不周的地方，今天我再敬同学们一杯。”

余杭说着，倒了一杯满满的啤酒，一口气喝掉了。

同学们叫好。

余杭再坐下时，去看叶西湖，位子已经空了。

临近结束，沈富阳又恢复了元气，站起来说：“同学们啊，以后大家要常聚聚，狗富贵，猪相望……”

李滨江拉住了沈富阳说：“什么乱七八糟的。”

沈富阳推开李滨江，继续说：“我没有乱七八糟，我说的是对的，狗富贵嘛，旺旺旺，你们发财了也不要忘记我这个老同学。”

余杭起身对沈富阳说：“富阳，我送你回去。我叫了代驾。”

沈富阳说：“干吗要送我回去？难道我连打车的钱都没有了吗？”

余杭说：“时间也不早了。”

沈富阳看着余杭，突然一笑，说：“噢，我都忘了，你还是新婚呢，没事，余杭，你先走就行。”

另外一些同学说：“我们也差不多了。”

同学们陆陆续续离开，沈富阳见他们离开了，挥着手说：“哎，算了算了，各回各家，各找各妈。”

余杭送沈富阳回家，到文二西路西溪湿地的时候，沈富阳突然哭了。

余杭有些惊讶：“怎么了富阳？一个大男人哭什么？”

沈富阳说：“余杭，你不懂，像你们这些没有在体制内待过的人不懂。”

余杭又问：“受欺负了？”

沈富阳说：“那倒没有。”

余杭没有再问。

沈富阳又说:“比受欺负更难受。我在街道都待了十年了,整整十年了。到现在还是一个小科员,每天和大妈大爷混在一起,我沈富阳当年也是胸怀大志的啊。”

余杭似乎懂了沈富阳心里的苦闷,看他平时嘻嘻哈哈,但酒一喝,别人的真言没有挖出来,自己却吐了真言。沈富阳确实有些不得志,当年他大学毕业考上公务员的时候,很有雄心壮志。

余杭一直把沈富阳送到了小区门口, 沈富阳拉着余杭说还要喝第二场。余杭说:“明天还要上班呢。”

沈富阳不知是哭还是笑,道:“是啊,还要上班啊,哈哈哈。”跌跌撞撞走进了小区。

代驾司机送余杭回家。余杭坐在车里,打开车窗,想要给叶西湖发信息,问她有没有到家,可信息终究没发出去。

叶西湖离开后,没有直接回家,去咖啡馆点了一杯咖啡,慢慢地喝起来。

有时候这样的慢时光是最舒服的,什么也不做。叶西湖也就是能在周末的最后时间享受一下这样的慢时光。不过很快就被打破了,一个视频电话打了进来,是夏莎。

夏莎在视频里欢笑着,她喊着叶西湖的名字:“西湖,叶西湖,你在哪里? 你来接一下我,送我回家。”

叶西湖问:“你在哪? ”

夏莎说:“我在哪? 我在河边啊。”

叶西湖说:“你发个定位,我现在就过来接你。”

叶西湖发现她离得不远，立即赶了过去。

夏莎从创客空间出来后，醉醺醺地走向路边打车，萧山跟在旁边说送她回去。

夏莎笑着说："我自己可以回去，萧山，你不用送我，你快去送快递。"

萧山愣了一下，问道："你怎么知道我在送快递？"

夏莎笑得很响："哈哈哈，原来你真的是快递小哥啊，那天我看到的真是你。"

萧山说："是的，我是快递小哥，就在五常街道的梦想小镇送快递。我知道你们都看不起我……"

夏莎挥着手说："谁看不起你了？快递小哥怎么了，都是靠自己的本事吃饭的。"

"真的没有看不起我？"萧山胆怯地问。

夏莎说："看不起你的是你自己。"

"也许吧。"萧山这话像是对夏莎说，又像是对自己说。

"我夏莎就是一个房产公司的中介，还经常被一些客户占便宜，但是我从来没有看不起自己。"夏莎拍着胸膛说。

萧山说："夏莎，你很了不起。"

夏莎说："哈哈哈，竟然有人说我了不起，萧山，你是在和我开玩笑吧？"

萧山急忙说："没，没有。"

夏莎勾住了萧山的肩膀问："你是为什么留在杭州的？"

萧山思索了一下："为什么？我可以说是为了梦想吗？"

“为了梦想,很好,我们就是为了梦想留在杭州。”夏莎的嗓门很大,叶西湖远远地听到了夏莎的声音。

叶西湖知道夏莎喝醉了,但一句“我们就是为了梦想留在杭州”让她心里震了一下。

不要说杭州,就在这梦想小镇里,就有无数年轻人在追逐着自己的梦想。每一个追梦者,都是伟大的,都应该被尊重。

叶西湖上前去,拉住了夏莎。

夏莎看着叶西湖,笑着说:“嘿嘿,西湖,你来了啊。”

叶西湖说:“我送你回家。”

夏莎说:“这么早回家干吗呀……继续喝酒……”

叶西湖转身对萧山说:“萧山,谢谢你照顾夏莎。你住在哪,要不要送你?”

萧山连忙说:“应该的。不用,我自己回去。”

叶西湖点了一下头,扶着夏莎离开。

夏莎上了车就睡着了,也许是累了,也许在她的车里有种安全感。大家都是三十出头的人,真玩不动了,也不想玩了。

车子开过电商城的时候,这里还是灯火通明,叶西湖看到里面出来一些青年男女,有一对男女手拉手,很是甜蜜。

二十岁左右时的爱情,就是最美好的。叶西湖想起,她二十多岁时激情澎湃的岁月里,也曾有过美好的爱情。

车子往前,时间往后,那个激动人心的声音又响起来。

第三章　我和我的祖国

二〇〇八年五月十八日。

这一天，奥运火炬在杭州城传递。而离汶川大地震，也刚好过去一周。

早晨五点钟，余杭就买好了早饭，等在女生寝室楼下，刚要给叶西湖发短信，叶西湖就从楼上冲下来。

余杭看到了叶西湖，说："我还以为你会睡过头呢。"

叶西湖兴奋地说："睡什么睡，我一晚上都没有睡觉。"

余杭说："啊？你也失眠了？"

叶西湖说："当然啊，今天要看奥运火炬传递呢。"

余杭说："哎，西湖，我给你买了早餐。"

叶西湖说："不饿。"

两人跑向公交站。

余杭对叶西湖说："西湖，我先往上挤，给你开道。"

余杭给叶西湖开道，好不容易都挤上了公交车，被上面的同学一顿臭骂，余杭连声道歉。

沈富阳和林安挤在前面的一个座位上，沈富阳看到了余杭，叫了声："余杭，你们怎么这么迟？"

余杭说："是迟了点，不过也是和你们同一班车啊。"

沈富阳说："你看看，你家的小叶叶都没有位子站了。"

叶西湖说："那你的位子可以让给我啊。"

沈富阳笑着说："嘿嘿，我得保护我们家林安。"

余杭说："西湖，你别理他了，来，先把早餐吃了。"

余杭还给叶西湖买了豆浆，他自己没有买，每次都是叶西湖喝了一半，他才偷偷地喝掉另一半，一点也不浪费。

今天的公交车特别挤，好不容易摇摇晃晃到了武林门，也不过早上六点多，大街上却已人山人海。

叶西湖被这场面镇住了："余杭，我们还怎么看火炬传递？"

余杭打着包票说："西湖，你别担心，有我在，肯定能看到奥运火炬。"

余杭其实是个忠厚老实的人，但自从和叶西湖在一起后，胆子反而大了，偶尔也会吹吹牛，当然他的目的是想要叶西湖开心。

叶西湖脸上又露出笑容来："嗯，我们一起挤进去。"

余杭回头去看沈富阳他们，却发现人已经不见。

叶西湖说："刚才还在我们旁边。不管他们了，这么多人也找不到。"

余杭在前面往里挤，叶西湖跟在后面。

杭州的民警们已经全城出动，维持秩序，大家都想离火炬传递近一点。

余杭时不时地回头看叶西湖，生怕她丢了。

叶西湖心里明白余杭，知道余杭其实是想拉着她的手，她主动伸手，抓住了余杭。

余杭一阵颤抖，手心发凉。

叶西湖问："余杭，天气这么热，你怎么还冷啊？"

余杭吞吞吐吐："没……没有啊……"

叶西湖笑出声来："快往里走吧。"

余杭知道叶西湖在笑他，索性豁出去，紧紧地握住叶西湖。

两人好不容易到了凤起路环城西路口，也是一片人海茫茫。余杭在人海中搜索最佳的观看位置。"西湖，那边有个位置不错，我们站在上面，肯定能很清楚地看到火炬传递。"

"嗯，听你的。"

余杭和叶西湖的手已经紧紧地牵在一起，正要走上那个制高点的时候，人群中唱起了《团结就是力量》："团结就是力量，团结就是力量，这力量是铁，这力量是钢……"

脸上贴着国旗标志，手里挥着五星红旗的中年男女们，一边唱着歌，一边往那个制高点走去。

余杭不但没有往前推进，还被往后压了过来。

叶西湖不服气，还想要往前挤，却看到那群人举起了牌子，牌子上写着"众志成城，汶川不哭""中国加油，四川加油"。

余杭拉住了叶西湖，叶西湖也停住了脚步。

就在刚刚过去的一周，汶川发生大地震，几万同胞伤亡，听到消息的那一刻,叶西湖落下了泪水,党支部让党员们给汶川受灾同胞捐特殊党费的时候,叶西湖想都没有想,拿出了五千元。当时沈富阳都惊呆了,说叶西湖就算是爱心大爆发,也不用捐这么多钱。叶西湖却说这钱是她自己挣来的,她无法赶到汶川去救灾,这笔钱就是她的心意。

余杭跟着大合唱团队,唱起了《团结就是力量》,他看到很多人流泪了,叶西湖更是热泪盈眶,面颊上也带着泪水。从来没有这样地感动过,但余杭还是控制着自己,不让眼泪渗出眼眶。

人群开始骚动起来。有人喊出来:“奥运火炬手来了。”

连着几个人喊着:“火炬手来了。看到祥云火炬了。”

还有人认出了跑过来的火炬手:“是羽毛球世界冠军李玲蔚。”

人群已经从骚动变成了火山爆发,叶西湖这样的小个子女孩,差点被火山爆发的岩浆吞没,幸好有余杭保护着她。叶西湖很焦急地说:“怎么办,看不到火炬手?”

余杭眉头紧皱,突然露出笑容:“有了,西湖,你骑到我的肩膀上。”

叶西湖惊讶地说:“骑你肩膀上?”

余杭笑着说:“这样你就能看到火炬手了。”

叶西湖还在犹豫。

余杭催促道:“快点,不然火炬手跑过去了。”

叶西湖只能点头。

余杭让叶西湖骑到他的肩膀上，叶西湖终于能看到火炬手举着火炬跑过来。

叶西湖已泪流满面，大声地唱起了那首老歌：“我和我的祖国，一刻也不能分割。无论我走到哪里，都流出一首赞歌……”

旁边的人也跟着一起唱了起来，顿时歌声响彻天地，和“中国加油，奥运加油”的声音伴随在一起。

余杭扛着叶西湖，叶西湖不重，但他已满头大汗。他虽然没有看到奥运火炬手，但还是热血澎湃，跟着叶西湖高唱。

奥运火炬手跑过去，人群开始散开。

叶西湖这才发现余杭汗流浃背，但他不吭一声，连忙从余杭肩膀上下来，说：“余杭，不好意思。”

余杭傻呵呵地笑着说：“没事。对了，奥运圣火是神火，见到它的人，都能梦想成真。西湖，你以后一定会实现你的梦想。”

叶西湖的脸上露出开心的笑容：“嗯，只是很可惜，你为了我，没有看到奥运火炬。”

余杭说：“我啊，也没有什么梦想，我的梦想是……”

余杭看着叶西湖，叶西湖似乎明白余杭的意思，又牵了一下他的手：“我们都会实现梦想的。”

余杭点头道：“是的，一定会。”

叶西湖在回来的公交车上累得睡着了，她的头靠在余杭的肩膀上，余杭动也不敢动。

一个急刹车让叶西湖惊醒，她发现自己睡得太香，口水竟然流在余杭的手臂上。她连忙拿纸巾给余杭擦，道歉说：“不好意思，真是太难为情了。”

余杭却红着脸说：“没事，没事……”

叶西湖说："你脸又红了。"

余杭没敢说，叶西湖的衬衣扣子松了一颗，从余杭的方向看去，能看到里面的肌肤若隐若现。

叶西湖拍了一下余杭的脑袋，说："小色狼。"

余杭也低下头："我不是故意的。"

叶西湖反而笑了。突然她想起了一件大事："完了，完了……"

余杭问："怎么了？"

叶西湖说："下午还要给城西的一个客户送货呢。"

余杭说："我帮你。"

叶西湖说："这个客户很难弄，还是我自己去吧。"

公交车刚停在舟山东路站点，叶西湖就快步跑了下去。余杭在后面叫："西湖，你自己小心。"

叶西湖头也没有回，挥挥手："知道啦。"

那天叶西湖回来得很晚，她刚要回寝室楼，发现余杭站在楼下，有些惊讶地问："余杭，你怎么在这里？"

余杭说："等你。"

叶西湖说："等我？"

余杭说："嗯，这么晚，我，我担心你。"

叶西湖笑出声："哈哈哈，这里是杭州，很安全的。"

余杭说："不是，西湖，你应该还没有吃饭吧？"

叶西湖说："我减肥呢。"

余杭说："减什么肥，走，我们去舟山东路吃夜宵。"

叶西湖在校门口打包了一份关东煮，这是她在大学时期最喜欢吃的，尤其是那种边走边吃的感觉，特别好。

两人又回到了校园，北校区有一片小树林，爱来这里的有两类人，学习英语的，还有谈恋爱的男女朋友。读英语的学生早上来，谈恋爱的情侣晚上来。这是余杭和叶西湖第一次来。

余杭似乎也感觉到了恋爱的气氛，趁着黑夜，胆子也大了一些，轻轻地把手伸过去，碰了一下叶西湖的手。叶西湖没有躲开。

余杭想，反正白天叶西湖已经和他牵过手，这一回得他主动一点。两人的手牵在了一起。

叶西湖问："你有什么话要对我说吗？"

余杭的脸又红了，幸好天黑，也看不到他现在的表情，他只吐出一个字："我……"

叶西湖说："你怎么了？"

余杭说："西湖，我喜欢你……"

叶西湖差点又笑出声，其实她心里是明白的，但故意问："喜欢我什么？"

余杭说："喜欢，就是喜欢你。"

叶西湖说："还有别的吗？"

余杭说："别的？"

余杭刚想说话，发现前面一对情侣正在接吻。叶西湖也看到了，他们屏住了呼吸，没有往前走，不好意思去打扰这对情侣。余杭微微转过头去，月光下的叶西湖特别好看，余杭趁着叶西湖还愣在那里，迅速地在她脸上亲了一下。

这一吻，像蜻蜓点水，却掀起了惊涛骇浪。

第四章　大学毕业我们就恋爱

那一夜，叶西湖是跑着回到寝室的。夏莎问她发生了什么事，她也没有说，直接上了床，蒙着被单假装睡觉。

余杭回到寝室后，直接进了淋浴间洗了个冷水澡。就算是洗完澡，也无法让他降下温来。他给叶西湖发了条短信："对不起，我不是故意的。"

叶西湖迅速回了信息："那就是有意的，老实交代，你是不是蓄谋已久？"

余杭不知道怎么回，"西湖，做我的女朋友吧？"他想鼓起勇气发出去，字都打好了，又删除了。犹豫了好久，才发出："西湖，我真的喜欢你。"

叶西湖躲在被窝里，拿着手机，偷乐了一阵，随后回复："嘻嘻，晚安。"

余杭不明白叶西湖的意思，只能回复晚安。

这一夜，叶西湖睡得很香，可能是真的累了。余杭一夜未眠，他不知道明天见到叶西湖的时候该说什么，是不是还应该和她道歉。鬼才相信呢，人家都说了你是蓄谋已久。余杭也不知道自己什么时候变得色胆包天，敢去亲一个女孩子，或许这就是情到深处自然浓，所以才会情不自禁地去亲了叶西湖。

第二天的课是公共课，叶西湖的专业是国际电子商务，余杭的专业是国际物流管理，都属于管理系。他们两个班就在隔壁，一上公共课，两个专业的学生就在北校区大阶梯教室里一起上。

余杭想好了见叶西湖时的种种说辞，进了阶梯教室后搜寻叶西湖的身影，但一直到开课了，还没有看到她。前排的沈富阳和林安坐在一起，两人在上课时间也保持着亲密的关系，生怕别人不知道他们在谈恋爱。余杭轻轻地拍了一下沈富阳。

沈富阳回头就立即教育道："余杭，你听课认真点。"

余杭看到林安也回头，便问："林安，你早上看到叶西湖了吗？"

林安说："看到了，她一早上就出去了。"

沈富阳接了话："这个叶西湖可真是大忙人，比我们学生会还要忙啊。"

林安说："人家现在都是叶总了，每个月赚很多钱呢。"

沈富阳说："学生去打工赚钱可以，但也不能旷课啊，我要去和她们辅导员说。"

余杭说："富阳，看在我的面子上，先不要和辅导员说，我跟西湖说，以后都来上课。"

沈富阳说："好，给你个面子。记得请我和林安吃饭。"

余杭知道叶西湖肯定又去送货了，给她发了条短信："西湖，是不是去送货了？路上要注意安全。”

叶西湖确实在路上，看了一眼短信，微微一笑，回复道：“知道啦。”

叶西湖现在的确是个大忙人，大三时开始做互联网销售。那个时候还没有电子商务销售这个概念，虽然叶西湖的专业是国际电子商务，中国的消费者对网上交易还在一个试探阶段。

第一波吃螃蟹的人，虽然需要勇气，但往往也是尝到甜头先富起来的人。

叶西湖在网上卖衣服后，生意一天比一天好，招了一个助手，加上她自己和余杭，还是忙不过来。上个月的收入竟然有两万元，这简直就是一个天文数字，扣除成本和七七八八的费用，每个月净收入都在五千元以上。不只在学生中间，在杭州城的大部分白领那里，也是挺高的收入了。

赚到了钱，叶西湖更加拼命了，她没有想过能赚这么多钱，在网上卖衣服也是无意之中的一个举动。那次她在四季青服装市场买了五六件衣服，买回来后都不太喜欢，她想着衣服不穿很快就会过时，手头上也不富裕，所以她 19 楼上注册了一个账号，把不喜欢的衣服挂在上面卖。那时，19 楼是杭州最火的一个网络平台，大部分年轻人每天都会逛 19 楼。叶西湖起先也不在意，卖不掉的话就自己穿。她没有想到，两天时间，那几件衣服卖掉了，还赚了一点小钱。

尝到了甜头，叶西湖用赚到的钱，加上自己银行卡里的积蓄，又去东站服装市场进了二十多件衣服，可能是她的眼光比较好，很快又都卖掉了。一个月下来，净利润竟然有五六千元。

那时余杭闲着没事，在图书馆里写小说，第一篇小说投给了杂志，没想到半个月后就接到了编辑部的邮件，说小说录用了。发表后，余杭收到了人生中第一笔稿费，七百八十元的汇款单，他兴奋地跳起来，当晚约了叶西湖，请她吃舟山东路最有名的“奶酸菜鱼”。余杭平时很节俭，吃一顿“奶酸菜鱼”就算奢侈。

也许就是这一顿奶酸菜鱼，让叶西湖也开始喜欢余杭，余杭后来想起这件事，心里还是会喜滋滋的。叶西湖觉得这是一个善良的男孩，愿意和她分享喜悦，可以和他谈一场恋爱。但是她肯定不能先说出口，如果她先说，就少了那份矜持，至少叶西湖是这样想的。

余杭先亲了叶西湖，叶西湖心里其实是很开心的，她就是想让余杭主动一点，虽然余杭还是没有开口让她做他的女朋友，但其实已经心知肚明。有些事，不一定要挑明。

余杭下午去图书馆看书、写小说，他在大学时期最喜欢做这两件事，他几乎看完了图书馆里那批“茅盾文学奖”获奖作品，他学的虽是物流管理专业，但其实对物流并不感兴趣。填志愿的时候，高中班主任说物流管理是一个新兴行业，学这个专业毕业出来，肯定能找到一份好工作，当时余杭的父亲余则成也在旁边，指导儿子填了物流管理专业。那时余杭已经对文学很感兴趣，到了大学里也没有人管他，大一大二的时候，他差不多每天泡在图书馆看小说，上专业课也在看小说。

到了大二期末的时候，余杭还是在图书馆里看小说。就是那个夏日的午后，余杭看书昏沉沉，趴在书桌上正要睡去的时候，突然看到阳光下一个女生的侧脸。迷糊中他觉得这个女生在哪里见过，但就是想不起来。当然他不可能知道她的名字，他只是拼命地想啊想，到底在哪里见过。

后来余杭更加勤奋地去图书馆看书，但缘分这种东西不像电视剧里那样，男女主角很快又会相遇，恰恰相反，好长一段时间，余杭再也没有见过那个阳光下很好看的女生。

余杭有些后悔，他应该第一次见那个女生的时候，就去问她的电话号码，当然他没有这么大的胆子。

就在余杭快要忘记她，在大阶梯教室里闷头写小说的时候，突然闯进来一个女生，坐在余杭的前排。阶梯教室在不上课的时候，一般不会有学生跑来学习。余杭来这里是为了躲个清静，写小说。那这个女生是来做什么？余杭假装无意间走过去，看了一眼这个女生，她竟然在看《经济法》，很厚的一本书，难道和他是同一个专业？余杭当时不敢问，犹豫了好久，脑子里设想了各种搭讪方式，最终没有付诸行动。

余杭又回到自己的座位上写小说，却完全静不下心来。就在他纠结的时候，这个女生突然走到他面前，开口说："同学，你好。"

余杭惊吓了一跳："啊？"

女生莞尔一笑，很甜，余杭一阵心跳。

女生说："不好意思，打扰了，能不能借你的手机一用？"

余杭急忙拿出手机："可以，你用……"

女生拿过手机，说："谢谢。"

余杭没有问女生要做什么，当然这时候就算她把他的手机占为己有,余杭也是愿意的。

女生打了个电话:“喂,夏莎,是我,西湖,我忘带手机了,在大阶梯教室看书,你帮我把手机拿来吧。嗯,好。”

女生把手机还给余杭,余杭从刚才的话中听出了一点信息,她的名字叫“西湖”,奇怪,怎么会有人用西湖命名。

后来叶西湖总会说余杭是个“闷骚型”的人。那次余杭给那个拨出去的号码发了条信息,问叶西湖的手机号码。夏莎刚好和叶西湖在一起,夏莎问:“西湖,你白天问谁借的手机啊?”

叶西湖说:“不认识的一个男生。”

夏莎说:“男生?哈,你自己看。”

叶西湖看了一眼:“问我的手机号码?”

夏莎鬼鬼地一笑:“有人追你哦。”

叶西湖说:“去,我才不要谈恋爱。谁像你,一学期换一个。”

夏莎说:“什么一学期换一个,换两个好不好?羡慕嫉妒恨吧,老娘换男友,那是在考察他们。”

叶西湖说:“还要考察?”

夏莎点头说:“那当然了,要在有限的青春里谈更多的男友,等以后要结婚,才明白什么样的男人合适自己。”

叶西湖没有把夏莎的话听进去,她现在也不想谈恋爱,也没有想过结婚这样遥远的事情。很多女孩和叶西湖一样,都觉得结婚是很遥远的事情。

夏莎又说:“我帮你考察一下。”

叶西湖轻笑了一声,说:“你要是喜欢,自己去谈,反正我不想交男友。”

夏莎含着棒棒糖，给余杭发了一条信息：“她是我的闺蜜，你想要她的手机号，先请我吃大餐。”

余杭回了信息：“可以，你想吃什么，我去买。”

夏莎偷笑了：“哈哈，一看就是没有谈过恋爱的。”

叶西湖看了一眼夏莎：“我警告你，别把我手机号给别人换你的大餐。”

夏莎说：“知道了。”

当然，没过两天，夏莎就把叶西湖的手机号给了余杭，那天余杭请夏莎吃了比萨。夏莎吃完比萨，就把叶西湖出卖了。叶西湖后来说夏莎这样的人，要是在战争年代，就是个叛徒。夏莎却说自己严格考察过余杭，绝对靠谱。叶西湖懒得理睬夏莎，要是那个男生发消息或打电话，她不去理他便是了。

余杭得到了叶西湖的手机号，也没有急着联系，因为他还没有想好和她说什么，虽然他已经急切地想和她说些什么。一次公共课，余杭看到了叶西湖，知道她原来是电子商务专业的。两个专业的学生在一起上课，人多，有一次叶西湖和余杭擦肩而过，但她好像忘了他。越是这样子，余杭越无法忘记她，连走路、吃饭、睡觉的时候眼前都会出现她的影子。有意无意地去接近叶西湖，他知道了许多关于叶西湖的事情，当然很大一部分是夏莎告诉她的。

终于有一天，两人在校园里碰见了。叶西湖走上前，质问余杭：“你是不是在跟踪我？”

余杭傻眼了，因为旁边还有别的同学经过，一时说不出话来：

“我……”

叶西湖说:“是还是不是？”

余杭想否认:“不是。”

叶西湖说:“好,那你就离我远点,而且,也不要再向夏莎打听我的事。”

余杭愣在那里:“啊？”

叶西湖往前走去,又回头:“我大学不想谈恋爱,所以就算你追我,也是白费工夫。”

余杭看着叶西湖消失在校园门口往舟山东路走去了，才回过神来。

当然,余杭没有这么轻易就放弃,就算被叶西湖当成跟踪者,他还是忍不住会去叶西湖的寝室楼下,给她买早餐,当然有时候得通过夏莎的手送给叶西湖,这样就得买两份。余杭最开心的时候,莫过于上公共课,这样他就可以近距离地和叶西湖在一起,他希望这样的课可以上一天,或者更长的时间。

很长时间里,余杭只是静静地偷看叶西湖。其实叶西湖也能感受到余杭偷看她的眼神。叶西湖终于忍不住，给余杭发了一条短信:“不要总是偷看我。”

余杭惊了一下,是惊讶,当然也有惊喜,回复道:“你不看我,怎么知道我在看你？”随后又发了一条:“哈哈……”

叶西湖有点气恼,回头瞪了余杭一眼。

余杭对她一笑,又低下头去,假装很认真地学习。

叶西湖开始慢慢地不讨厌余杭,但也基本不理睬他。她觉得很多事情顺其自然。也许缘分就是这样，顺其自然，顺着顺着就走到了一起。叶西湖开始做网店后，变得忙碌起来。余杭还是一如既往给叶西湖送好吃的，他好几次说她太瘦了，应该多吃，胖一点会更好看。余杭爱说实话，虽然换来的往往是叶西湖的白眼，但他心里也很开心。

两人慢慢地走近了。虽然不是男女朋友关系，但在同学们看来，就是这样的关系了。其实一直到大四开学的时候，叶西湖心里还在犹豫，要不要在大学里谈一场恋爱，她知道很多情侣在大学里恋爱得火热，但毕业后，往往分手。与其接受分手时的痛苦，不如不开始。可是夏莎的说法是："大学不恋爱，后悔一辈子。就算会痛苦，也是一次成长。"

余杭主动亲吻了叶西湖后，叶西湖郑重其事地找他谈了一次，她觉得很有必要和余杭交心。虽然她的青春还很长，但她也不是随随便便的女孩子。她把他约到图书馆门口，没有往图书馆里面走，而是往广场走去。

叶西湖很认真地问余杭："大学毕业后，我们能留在杭州吗？"

余杭还没有想过这个问题，他也知道留在杭州，说容易是容易，说不容易也不容易。不说别的，杭州天价的房价，就是大部分年轻人梦想的终结者。但那一刻，余杭完全被爱情冲昏头脑，信誓旦旦地说："西湖，毕业后我们都要留在杭州，以后我们要成为新杭州人。"

余杭牵住了叶西湖的手。

叶西湖的脸上露出灿烂的笑容："嗯，余杭，我们约定，大学毕业，我们就恋爱。”

余杭看着叶西湖，说：“好，我听你的，大学毕业我们就恋爱。”

那天，杭州的天特别蓝。学校广场上五星红旗迎风飘扬着。所有的爱情，一开始都是美好的。

第五章　叶西湖成了网络红人

如余杭所说，叶西湖就是一个事业高于爱情的人，大学时候就有了这个苗头，到了后来更加如此。

大四第二学期时，很多同学忙着写毕业论文，也有同学已经在找工作，或是在一些公司里做实习生。

叶西湖的生意也越来越好，忙到都没有时间写论文，幸好有余杭这个笔杆子在，电子商务和物流管理这两个专业有相通之处，余杭在写自己的论文时，顺便给叶西湖的论文也收集好了资料，理清了写作脉络，就差直接给她写了。

叶西湖开始闭关写论文，每天待在图书馆里。那段时间，她没有去四季青进货，也就半个月吧，店铺冷清了。叶西湖不担心她的客户会流失，她相信只要自己的眼光好，新老客户都会来她的店买东西。

那一年，网上举办了第一届视频创意大赛，叶西湖平时也喜欢拍照片，视频倒是没怎么玩过。那个时候还没有微电影、网络大电影的概念。但叶西湖觉得，如果结合自己卖的衣服、饰品，将快要结束的大学生活拍一个短视频，肯定会有意思，就算不获奖，也是一次纪念。她第一时间把这个想法告诉了余杭。余杭一开始没有答应，他认为拍视频意义不大，还浪费时间。

叶西湖说："那我找别的男生一起合作。"

这话一出，余杭急忙说："还是我来吧，我至少是免费的。"

叶西湖哼了一声："算你识趣。"

叶西湖的行动力特别强，连夜借来了拍摄设备，把自己想要的剧情内容告知了余杭，余杭连夜准备了一个剧本脚本。余杭对叶西湖的生活比较了解，得益于之前收买了夏莎。

余杭灵感如泉涌一般，连夜写了一个剧本。

叶西湖拿到剧本一看："写了这么多，都快赶上我论文的字数了。"

余杭傻乎乎地乐呵："别忘了我可是发表过小说的人。"

叶西湖拍了拍余杭的肩膀："厉害了，我的大作家。"

余杭有点得意。

叶西湖浏览了一遍剧本，随后盯着余杭看。

余杭问："怎么样？"

叶西湖惊问："你对我的生活，怎么了解得这么多？"

余杭挠着头说："我，我这不是喜欢你嘛。"

叶西湖说："还学会油嘴滑舌了。"

余杭说："没有，我是实话实说。"

叶西湖说："看在你连夜写剧本的分上，暂且放过你。这个剧本有点长，等以后有时间拍出来，这两天我们先选几场戏拍就行了。”

余杭连连点头：“嗯嗯，我以后要为你拍一部真正的大电影。”

余杭说这话的时候，还没有做影视的梦想。很多事就是这样，无意中的一句话，一个举动，很有可能成为种子，成为梦想的开始。

后来余杭一直都会思考，如果不拍这个视频，他肯定不会去从事影视行业，叶西湖或许也不会火，很有可能就是一个平凡的网店店主。那他们俩的人生，也许会是不一样的道路。他们很有可能会在一起，也有可能永远在一起。

那两天的拍摄很顺利。余杭进女生寝室拍摄的时候，宿管阿姨不让进去，最后余杭男扮女装，戴了假发套，穿了裙子，混进去。叶西湖起床洗漱、学习的路上、从食堂到图书馆、再去服装市场进货、打包发货，在余杭的镜头下，一个清新秀美的女孩的真实生活，呈现在网友们的面前。

每一个镜头里都有叶西湖，每一个镜头，叶西湖都换上她店里卖的不同的衣服，虽然是很平凡的大学生活，却真实展现了当代大学生的风貌。叶西湖也没有刻意去演，生活中是怎么样的，在镜头里就怎么样。让叶西湖和余杭都没有想到的是，他们俩合作的作品，竟然获了首届视频创意大赛的一等奖。叶西湖在网上被称为“第一清新女生”。

那个月，叶西湖的淘宝店营业额突破三万元，净利润一万元。

叶西湖火了，走到舟山东路上，经常会被认出来，还有一些媒体记者跑来采访她。叶西湖其实是喜欢安静的，意外走红网络，反而让她有些困惑。有一段时间，她就躲在寝室里不出去。那时叫外卖没有现在方便，幸好有余杭这个跑腿的预备男友，一日三餐按时送达。

宿管阿姨已经认识了余杭，没有再为难他，后来直接让他去叶西湖的寝室，此时大四的学生大部分出去找工作，不回寝室住了。每每看到学生要毕业，宿管阿姨都会变得特别和蔼可亲，希望能给毕业的学生留个好印象，不过她还是会规定时间，不能超过半小时。

夏莎看到余杭来，往往会很识趣地离开寝室，嘴上说着："不想看到你们。"

叶西湖会回一句："那还不快点走。"

夏莎离开寝室后，就是余杭和叶西湖独处，后来两人回忆起，真的很温暖，很美好。

只是这样的时光太短暂。

叶西湖的热度很快就过去了，就和现在的网红一样，如果没有持续性炒作，就会迅速冷却。

叶西湖走在舟山东路上，虽然也会被人认出来，但至少不会被围观了。她松了口气，继续去四季青进货，继续在网上卖衣服。

叶西湖毕业季的最后时光，似乎和女生宿舍楼一样，平静如水。

有时，叶西湖就想，对她来说，做个平凡人更好，至少会少一些烦恼。

余杭和叶西湖的想法一样，就如他写小说，刚开始的时候，就没有想过哪天要成为大作家，虽然他后来也没有成为大作家。他写小说，包括后来从事影视行业，纯粹就是出于喜欢。

喜欢就好，往往是这种纯粹的喜欢，能给一个人带来另外的收获。

第六章　找工作才是最迷茫时

对于叶西湖这样的创业女孩来说，她永远无法知道大学刚毕业时找工作的艰辛，她回忆起这段时光，总觉得少了些什么。但世上又有哪些事是容易的，只是每个人的青春经历各有不同。

这段时光，确实是余杭最迷茫的时候，他差点放弃留在杭州。不过他似乎也回不去，还没有毕业时，他父亲就坚定地和他说："别回来，留在杭州。"

让余杭留在杭州的，还是爱情，他和叶西湖就要开始一场热恋，他无论如何也不可能回老家。不回去，只能找工作。对于余杭自身来说，他理想的工作就是写东西，他也就这么点本事，大学学了四年的物流管理，毕业了才发现自己竟然学无所用。他只能寻找和文字相关的工作，报社或者出版社。余杭在网上看到一家少儿出版社招文字编辑，他很兴奋，第二天一大早就去了。到了出版社，是一位女编辑面试他。

女编辑看了余杭的简历，头也没有抬："本科学历？"

余杭答："是的。"

女编辑还是没有抬头："我们这里除了扫地的阿姨，其余都是研究生。你的专业也不对口。"

余杭说："老师，我喜欢这份工作……"

女编辑冷冷地说："我还喜欢当女总统呢。"

余杭被冰冷地拒绝了，灰溜溜地离开编辑部，办公室里的人都没有正眼瞧他一下。第一次面试就这样失败了，余杭没有把这件事告诉父母，也没有告诉叶西湖。虽然觉得有些丢脸，不过他觉得女编辑说得也不错，专业不对口，学历也不够。

离毕业只剩下两周的时间，余杭心里万分焦虑。解决心中焦虑的办法，一是和叶西湖在一起，二是到图书馆写小说。叶西湖还是和平时一样生活，也没有去找工作。

余杭问她："西湖，你没有打算去找工作吗？"

叶西湖好奇地看了一眼余杭："你觉得我有时间找工作吗？"

余杭说："那你不准备工作吗？"

叶西湖终于笑出来："余杭，你真傻还是装傻，你知道现在我们这些本科生一个月工资是多少吗？"

余杭想了一下："三千元。"

叶西湖说："有三千元就已经很不错了。那你知道我上个月网店的营业额是多少吗？"

余杭看着叶西湖："肯定不止三千元。"

叶西湖很平静地说："三万多元。"

余杭不再说什么，他觉得自己确实是榆木脑袋，叶西湖现在这样，早就比那些上班族强了，只是低调，不说自己赚了多少钱。

叶西湖看着余杭有点闷闷不乐的样子，问："你有心事？"

余杭摇摇头："没有。"

"别不承认了。你的心情全表现在脸上。是不是为了找工作的事？"

余杭没有说话。

叶西湖说："慢慢来，不要着急。"

余杭突然说："西湖，要不我给你打工吧？"

"你的意思是和我一起做网店？"

"是啊，我们可以把你的网店做大，工资多少随你开，不把我饿死就行。"

余杭以为自己这话说得很幽默，又很巧妙，不料叶西湖一口拒绝，而且是严词拒绝："不行，你一个大男人，怎么能跟着我。余杭，你听好了，你必须出去找工作。"

"西湖，我知道，我肯定会去找的。"

叶西湖微笑着拉着余杭的手："我们读的不是名牌大学，但只要我们够拼，我相信不会比那些名牌大学毕业生差的。"

虽然余杭觉得叶西湖的话很有道理，但现实往往要比想象残酷，找一份好工作哪有这么容易。

杭州，一座让多少人迷恋的城市，但是想留在这里，永远留在这里，就要付出比别人多几倍的努力。和余杭同寝室的，已经有两名同学回老家了。

焦虑的时候，余杭写不出一个字，他正在写的小说也在网上停更了。先找到工作再说，余杭还是想找一份和文字相关的工作，他大三的时候向一家省级刊物投过稿，虽然后来没有录用，但是一位老编辑给他打过电话，鼓励他继续努力，不要放弃写作。当时余杭心里挺感动的，编辑每天都会收到几十份上百份的自由投稿，谁会去理睬一个黄毛小子。余杭存下了那个老编辑的号码，抱着试试看的心理，打了过去。

电话那头是一个和蔼的声音：“你好，是哪位？”

余杭有点激动地说：“何老师您好，我叫余杭，给你们杂志社投过稿，可能您已经不记得了……”

何老师说：“噢，余杭啊，我记得你，小说写得不错，就是有点偏激。”

余杭不敢相信老编辑还记得他：“谢谢何老师还记得我。”

何老师问：“是不是有新作品要投稿给我们杂志？”

余杭说：“不不，何老师，没有新作品，我快毕业了，不知道能不能来你们杂志社看看？”

何老师说：“好啊，我下午还在办公室，你过来。”

余杭连忙说：“好好，何老师，我现在就过去。”

余杭午饭也没有吃，就跑去杂志社。何老师在这家杂志社当编辑已经有二十年，从创刊之时就在。

余杭到了编辑部后，和何老师一聊，何老师大致也明白了余杭的意思，说：“小余啊，其实呢，做编辑是很清苦的。”何老师特意把“清苦”两个字说得重一些。

余杭听清了这两个字，但他现在更想要的是一个机会，一个工作的机会，如果能在杂志社里工作，就算没有工资，也是愿意的。当时余杭的心里确实是这样想的。

但余杭终究没有做成编辑，何老师给办公室打了一个电话，给余杭安排一下可以干的活。

余杭看了一眼对接的这个小姑娘，年纪和他差不多。小姑娘指使着余杭，让他把仓库里一堆过期的刊物搬到外面。

余杭有些不明白，问了句："搬到外面被雨淋湿了怎么办？"

小姑娘扑哧笑了一声："这些是要卖给收废品的，淋湿了又怎样？"

"要当废纸卖掉啊？"余杭本想抢救下这些杂志，却又开不了口，要知道这些纯文学刊物在他眼里可是宝贝。

余杭沉默了一会儿，去搬这些刊物。第二天眼睁睁看着这些杂志被一个收废纸的老头儿论斤收走了。

余杭在杂志社干了半个月，差不多每天都是体力活，唯一和刊物有关系的事情，就是搬运杂志。叶西湖问余杭工资有多少，他说："还不知道，只要能留在杂志社，工资低一点也行。"

叶西湖知道余杭喜欢这份工作，所以也同意他的观点，只要能做自己喜欢的事情，工资低一点没事。

让余杭和叶西湖都没有想到一件事发生了。何老师把余杭叫到了办公室。余杭问："何老师，您找我有事？"

何老师似乎有些难以企齿："小余啊，你来杂志社也快半个月了吧？"

余杭说："刚好半个月。"

何老师问:“感觉怎么样?”

“还挺好的,不过要是能做些和编辑相关的工作,就更好了。”余杭说。

何老师喝了一口茶,带着语重心长的口吻说:“之前我也同你说过的,做编辑呢,虽然别人看着清闲,但真的很清苦,像你这样的,大学刚毕业,没有背景,就算以后杂志社聘用你了,工资也就一两千元一个月。要留在杭州生活,这工资恐怕连自己都养不活。”

余杭点点头,明白了何老师的话,他没有死皮赖脸地请求何老师帮忙让他留在杂志社。余杭说:“何老师,谢谢你让我在杂志社锻炼。”

何老师拿了一摞近期出版的杂志,交到余杭手中:“这些杂志你拿去看吧,要坚持梦想,也要接受现实。”

余杭在心里回味了这句话:坚持梦想,接受现实。他在杂志社干了半个月活,一分工资也没有。叶西湖知道了这件事后,很不平。倒是余杭很坦然,说:“何老师还送了我这么多杂志,还有宝贵的八个字:坚持梦想,接受现实。”

叶西湖当时没有细想这八个字,后来却成了她的座右铭:坚持梦想,接受现实。叶西湖在创业的道路上迷茫时,回想起这八个字,很多事情便会迎刃而解。叶西湖从大学时开始创业,也不是一帆风顺,跌倒过几次,但每一次都自己爬了起来,很多事,只要接受了现实,就会想着办法去解决问题。不去犯同样的错误,就是一种进步。

余杭虽然很迷茫,但工作还是要继续找的。鉴于两次找工作的失败经历,余杭觉得是自己要求太高,或许还是要去找和专业对口的。他在网上投简历，就找仓储运输类的工作，余杭想只要能找到工作，就算开卡车也行，当是体验生活。

简历发出后的第二天上午，余杭还在睡觉，被一个电话吵醒。连日来的焦虑，让他很晚才入眠，反正无事可做，还不如多睡会儿。

电话那头是一个中年妇女的声音："你是余杭吧？给我们莲花超市投过简历？"

余杭从床上起来："是，是。"

中年妇女问："明天有时间吗？来超市上班。"

余杭还没有反应过来："上班？"

中年妇女说："是啊，难道你已经有工作了？"

余杭说："没有工作，好，那我明天就来。"

惊喜来得太突然，虽然是在超市里上班，余杭还是觉得这又是踩到了狗屎运。他立即给叶西湖打电话，说找到工作了，但没有说是去超市，只说了是和专业相关的工作。

叶西湖刚进货回来，两只手都提着货，匆匆忙忙挂了电话。

毕竟是第一天上班，心里不免有些紧张，不太注意自己形象的余杭，竟然开始在箱子里寻找一件像样的衣服，穿着体面一些，至少要干净利落。余杭在寝室里休息了一天，到了晚上反而睡不着觉，他想象着自己明天和领导见面应该说什么话，会分配什么样的工作给他，竟然兴奋得一晚上没有睡着。

第二天，天边刚吐出鱼肚白时，余杭就起床洗漱。其实莲花超市离学校也不远，就在大运河边上，坐公交车只有三站路，走路的话半个小时。

到了超市门口时，才七点半，还没有开门。余杭就在那里等，他之前来过这家超市，当时也没有留意超市工作人员干的是什么活，只看到一些卸货的工作人员。他想，他至少是个大学生，总不可能让他去干类似的活。

余杭这样想着，看到有人来，连忙走了上去，说自己是第一天来上班。

那妇女看了余杭一眼，脸上还露出笑容来："噢，你是那个余杭是吧？昨天是我通知你来的。"

余杭没有想到她对自己还挺客气，连着点头说："老师，您好，我就是余杭。"

妇女笑出声，说："哈哈，什么老师啊，叫我庆姐就行了。"

余杭说："亲姐？"

庆姐说："喜庆的庆，庆姐。"

余杭挠挠头说："不好意思，庆姐。那我应该干什么活？"

庆姐打开门，说："你毕竟是大学生嘛，还是学物流管理的，以后你就负责货物的盘点工作。"

余杭说："货物盘点？好的，庆姐，我知道了。"

庆姐说："哎，你不要觉得货物盘点很轻松，这可是个细活儿，而且每天得最后一个下班。"

余杭点头说："庆姐，我会努力工作的。"

庆姐拿出一套超市的工作服，说："换上吧。"

余杭接过衣服，本想问一个月的工资多少，又觉得不好意思，换上了工作服。

庆姐说:“你白天的主要工作就是清点送来的货物。”

余杭说:“明白。”

盘点货物,这还真是余杭学过的,对他来说难度不大。第一天上班就工作到了晚上十点,已经没有末班车,余杭走回学校,在路上给叶西湖发了条信息:“下班了。”

叶西湖很快回了一条:“要不要吃夜宵?我在舟山东路口等你。”

看到叶西湖这样说,余杭一下子来了精神,脚下生风,立即往舟山东路方向奔跑去。

第七章　再见了,舟山东路

舟山东路,一条承载着青春和梦想、吃货和爱情的道路,有多少在这里生活过的年轻人,只要回忆起舟山东路,一定会回到无忧无虑的学生时代。

叶西湖和余杭在舟山东路的中段就碰见了。

“你真够快的。”

“不就是想快点见着你嘛。”

“算你嘴甜,怎么样,第一天上班的感觉还好吧?”

余杭当然没有说自己很累,只说了句:“挺好的。想吃什么,我请你。”

“烧烤加啤酒。”

“还喝酒?”

“当然,为了庆祝你找到了工作。”

“好,听你的。”

舟山东路最好吃的烧烤要数兄弟烧烤,兄弟烧烤最好的莫过于烤鱿鱼。叶西湖和余杭每人要了五串烤鱿鱼、十串土豆片，点了两瓶千岛湖啤酒，坐在路边就开吃。

余杭总是喜欢这样静静地看着叶西湖，看得很入迷，就算旁边的环境有多么吵闹，在他的世界里也是安静的。

叶西湖一开始不习惯余杭这样看着她，但时间久了，也就习惯了，她知道余杭真心喜欢她，那就让他看个够。那时叶西湖就在想，如果两个人能这样一辈子下去，其实也挺好。她不怕吃苦，对未来充满信心。在舟山东路上吃个烧烤、麻辣烫，也挺知足。

余杭把叶西湖送到了女生寝室楼下，两人有些依依不舍。余杭想，得赶紧找个房子租下来，和叶西湖同居的念头在他脑子里一闪而过，但他没有说出来。当然不可能对叶西湖说。

余杭回到寝室里，洗了澡，清醒了许多，年轻人的精力也是够旺盛的。他看着寝室外面微弱的光，想以后如果能留在杭州，会不会有自己和叶西湖的家。这样想着，余杭的脸上露出了笑容。

这一夜，余杭睡得很香甜，直到清晨的阳光照在他的脸上。睁开眼睛，突然想到他已经是有工作的人，连忙起床，跑到了超市。超市里已经有同事在，他向每一个同事点头示好。

同事的学历都没有余杭高，都是来杭州的打工者，他们知道余杭是一名大学生，见余杭挺和善，不到一周大家都熟悉了。

在超市工作虽然乏味疲惫，毕竟也是一份工作，大家相处得都还可以。后面几天，余杭连着工作到晚上十一点。那天工作到凌晨，关门的时候，庆姐对余杭说："余杭啊，你工作挺用心，今天老板说，试用期八百元一个月，两个月后转正，一千五百元。"

余杭没有说话。

庆姐看着余杭，问："是不是嫌工资低了？"

余杭说："没有，可以的。"

庆姐说："我知道你是大学生，不像我们，都没有什么学历。不过现在工作挺难找，很多大学生找不到工作。你先在这里，以后有好的工作再说吧。"

余杭明白庆姐的意思，他觉得面前的这个中年妇女人挺好，说："谢谢您，庆姐。"

庆姐说："能在一起工作，就是缘分，我看你盘点货物这活也熟练了，下周开始，就全权交给你负责了。"

余杭点点头，没有说话，他感觉他掉进了一个坑里。果然没有错，接下去的几天，余杭盘点货物都是最后一个离开超市，他深深地体会到了庆姐全权负责的意思了。

余杭想过放弃，重新去找一份工作，不过他又想到孟子的那句话："天将降大任于斯人也，必先苦其心志，劳其筋骨，饿其体肤。"余杭继续坚持着。

白天会闲一些，老板偶尔会来，视察工作，有一次看到余杭在看手机，皱着眉头说："小伙子，上班时间怎么总是在玩手机？"

其实余杭也不是总在玩手机，他刚给叶西湖发了条信息，就被老板抓了现行。

老板没有继续批评余杭，而是让他去配送一批货物，骑着三轮车去一个小区里送矿泉水。

老板说："小伙子，你白天要是有空，去运河小区给这几户人家送水的任务，就交给你了。”

余杭愣了一下，反应过来：“好的，老板。”其实余杭心里开始不舒服了，他想，这个老板是在压榨员工，肯定也不会给他加工资的。

不过余杭既然答应了，就一定会做到。这也是余杭后来的大老板欣赏他的一个重要因素。他白天蹬着三轮车去运河小区送水，晚上盘点货物，这几日的工作，真的是“劳其筋骨”了，回到寝室倒头就睡，更不用说和叶西湖见面。

叶西湖几天不见余杭，倒是想他了，她知道余杭在超市工作是份辛苦活，打包了一份晚餐，去找余杭。

余杭刚送完矿泉水回来，准备开始盘点货物，有个同事喊：“余杭，是不是你女朋友来找你了？”

余杭心里一惊，快步走了出去，果然是叶西湖来了。她穿着白色的连衣裙，在黄昏的光线照射下是那么好看。余杭听到同事在议论他竟然有这么漂亮的一个女朋友，心里很得意。

余杭和庆姐打了招呼，拉着叶西湖往运河边走。走到运河边时，太阳已经落山，不过余热还在，水泥地还冒着热气。

余杭说：“要不我们去室内吧，那里有空调。”

叶西湖笑了笑说：“我给你打包了晚餐，欣赏着落霞吃着饭，多浪漫啊……”

余杭看着叶西湖，心里很甜美，很清爽。叶西湖说出“浪漫”两个字的时候，倒是有点不好意思了，连忙说：“快吃吧。”

两人坐在拱宸桥边的椅子上，面朝运河，落日的余晖落在他们的脸上。余杭夹起一块鸡翅膀,叶西湖愣了一下,用手拿住鸡翅膀,吃了起来。她的脸上也露出微笑。

年轻时候的爱情就是这样,很简单,很干净,如此美好。

余杭还要回超市工作,他让叶西湖先回学校,但是叶西湖说要等他,在超市旁边的奶茶店坐了三个小时。

余杭盘点好了货物,匆匆忙忙从超市出来,叶西湖已经等在外面。余杭带着歉意地说:“西湖,你应该早点回去的。”

叶西湖说:“没事,天气热,这么早也睡不着。”

余杭有点心疼地说:“你今天不是很早起床去进货了吗?真的不困吗?”

“真的不困,那杯奶茶很醒脑,今晚上我都睡不着觉了。”叶西湖笑着说。

“西湖……”余杭还是有点愧疚,说,“下次不要等我了。”

“不,我会继续等你的。”叶西湖说。

余杭看着叶西湖的额头上都是汗水,轻轻地用手拨了拨她的头发,以便更好地看着叶西湖清秀的脸,说:“这句话应该让我说才是,我会永远等你的。”

“好啊,不过要说到做到。”

“嗯,说到做到。”

叶西湖笑了笑,心里也是那样的开心,拉着余杭的手。夜晚的舟山东路也没有安静下来,甚至更加火热了,如叶西湖和余杭的爱情。

看着热闹的舟山东路,叶西湖的心里突然有些落寞了,因为这热闹马上就要不属于她了。

余杭看出了叶西湖有心事,问:“怎么了?”

“噢,没事,可能真的有点累了。”叶西湖嘴上这样说着,心里却默默念了一句:“再见了,舟山东路。”

第八章　毕业前的小插曲

如果说人生如歌，那么大学毕业前，有的人唱的是欢歌，有的人唱的是离歌，还有的人没有唱歌，只是有个小插曲。这个小插曲，不是叶西湖和余杭的，是沈富阳和林安的。不过他们的小插曲，让叶西湖和余杭相信了爱情。

同学们都各奔东西，各谋出路，抽时间回学校领毕业证书。沈富阳和林安的毕业证书和结婚证几乎是同时拿到的。只是两人为了拿结婚证倒是用了不少心力。

沈富阳是杭州本地人，住在曾是南宋皇家寺院径山寺的脚下，家里有一栋农房，离主城区五十分钟车程。他为了考公务员，在学校旁边的皋亭坝租了房。无论是学习，还是学生会的工作，沈富阳都比较优秀。

他在大一军训的时候就和林安好上了，大学四年也有大大小小的吵架，有一次甚至闹到要分手。沈富阳租了房子后，林安也搬了进去，大学生同居已经不是什么稀奇的事情，不过怀孕还是挺稀罕的。

沈富阳那段时间里压力挺大的，这压力来自他自身，他一心想要考上公务员，但考公务员的人太多，很多岗位都是几千人竞争一个。林安一直在他身边照顾他的起居，刚开始几天，沈富阳还扬扬得意，在同学们面前吹嘘说："真是绿衣捧砚催题卷，红袖添香伴读书。我沈富阳的人生巅峰马上就要来了。"但来的不是他的人生巅峰，而是一个意外。

当林安拿着验孕棒，放到沈富阳面前时，富阳瞪大了眼睛。

林安的眼里含着泪水，说："怎么办？"

富阳立即起身，沉默了片刻。林安以为他想要逃避责任，但是沈富阳抱住了林安，说："宝贝，我会负责的。"

林安眼泪一下出来了，她把沈富阳抱得更紧。

那一晚上，沈富阳没有再看书，而是和林安一起，讨论他们未来的孩子和生活。

第二天醒来时，已经快中午。林安不忍心打扰他，一直在旁边看小说。沈富阳睁开眼，脸上露出一个笑，摸了摸林安的肚子，说："小宝贝，你昨晚上睡得好吗，你现在醒来了吗？"

林安说："神经病，现在他还很小呢，怎么会听到你说话。"

沈富阳说："我们是可以感应到的。"

林安说："好好好，我们的宝宝可以听到他爸说话。对了，富阳，这件事我们是不是应该马上和你爸妈还有我爸妈说？"

沈富阳思索了一下："这个……也可以。先和我爸妈说，我们准备一下，下午就回径山。"

那时沈富阳还没有车,坐公交需要转两趟,沈富阳本来想直接打车,林安说要省钱,先坐了公交车,再打车。到沈富阳家时,天已经快黑下来。

沈富阳回家前先给他妈打了电话,说要带林安回来吃晚饭。

沈母见他们回来,很客气地说:“林安,你来了啊。”

林安面带微笑:“阿姨好。”

沈母看着林安,说:“你最近脸色不太好?”

林安说:“噢,可能是晚上没有休息好,没事的,阿姨。”

沈母说:“快快,进屋,我已经给你们做了几个菜,再把鱼蒸一下,就能吃饭了。”

林安和沈富阳对视了一下,什么时候摊牌。沈富阳拉着林安走进了客厅,轻声说:“等晚饭后。”

沈母刚要走向厨房,回头问:“什么事情要晚饭后说?”

沈富阳有点吞吞吐吐:“啊,妈,没事,没什么事。”

沈母是个很敏感的人,看着林安,继续问:“林安,怎么了?”

林安也说不出话来:“阿姨,没……”

沈母试探着问了句:“你是不是有了?”

沈富阳和林安听到,差点跳起来。沈富阳说:“妈,你怎么知道?”

沈母很是惊讶:“真有了?你们不是在开玩笑吧?”

沈富阳和林安都不知道说什么,这时,沈父进来,他刚走到门口时听到了,说了句:“先吃饭。”

沈母做了很多菜,也很可口,但沈富阳和林安几乎没怎么吃。

沈父以前是政府的小领导，后来出来自己创业，做旅游公司，但是没有成功，人生有些不如意，平时话也不多，喜欢抽烟。

吃完饭，沈父点了一根烟，抽了起来。沈富阳从小就怕他爸，现在看着他爸的样子，心里又有点慌了。

沈母收拾饭碗，林安要帮忙，沈母说："林安，你坐着，活我来干就行。"

林安有些不好意思，又不知道该说什么好。

沈父起身，对沈富阳说："外面走一走。"

沈富阳点头。

林安看着沈富阳。沈富阳说："你在家休息吧。"

沈富阳和他爸走了出去。他们家前面有一片茶园，沈父抽着烟，走在前面，沈富阳不敢开口。

沈父问："你怎么打算？"

"我……"

两父子沉默了一会儿，只有烟头在黑夜中发出一点微弱的红星。

沈父叹息了一声，说："富阳，我不反对你和林安在一起，但是你还有大好的前程哩，前面还有很多路要走呢。"

沈富阳说："爸，我知道。"

富阳爸爸说："打掉。"

这两个字一落地，沈富阳震了一下，眼泪也差点落下来。他在黑暗中说了两个字："不行。"这是他人生中第一次和父亲正面对抗。

“你们都还这么年轻,不着急。”沈父吸了口烟说。

沈富阳没有回父亲的话。黑暗中,沈富阳已经泪流满面,他加重了语气,只说了一个字:“不。”转身回去了。

林安第一次看到自己的男朋友哭成这样子,大概明白了什么,她很难过,但是强忍住了泪水,说:“富阳,你不要哭。”

沈富阳抬头看着林安,擦掉了眼泪。

“不管怎样,这孩子我林安一定要。就算我一个人,也要把他生下来养大的。”林安很坚定地说。

沈富阳站了起来,握住林安的手:“你不会一个人养我们的孩子的,我会负责,我要娶你林安为妻。”

这一晚上,沈富阳和林安都没有睡着。第二天早上,两人走到沈父沈母面前。沈富阳开口道:“爸妈,把户口本给我,我要和林安结婚。”

沈父瞪大眼睛看着儿子。

只说了两个字:“休想。”

父子俩的对战就此开始。

沈母看着他们离开,哭着责怪沈父,沈父却认为自己没有做错。

沈富阳和林安离开家后,直接回了出租房。林安觉得有些对不住,说:“要不你给家里打个电话?跟你爸妈说声对不起。”

沈富阳说:“我觉得自己没有错。”

果然是亲生的父子,连脾气都一个样。

沈富阳连着一星期没有给家里打电话,林安想这样下去也不是办法，主动给沈母发了条短信，希望能得到富阳爸妈的谅解。

其实沈母也是在等这条短信，只要儿子和林安有一个主动联系他们，认个错，或者说句好听的话，她的心也就软了。

沈母回短信说："都是一家人，你们多保重，尤其是你，要多注意身体。"

林安心里有底了。果然两天后，沈母拿着户口本来找他们。

先是埋怨儿子怎么租这样的房子，卫生不好，从安全性来说也不靠谱。她说："现在林安已经怀孕了，你们不为自己考虑，也得为我未来的小孙子小孙女考虑。"

林安面带微笑说："阿姨，我们也只是过渡一下，因为离学校近，富阳去自修教室学习也方便。"

"是的，妈。"沈富阳说，"这里走到学校十分钟就够了。"

沈母说："现在的情况不是不一样了嘛。"

沈富阳说："妈，等我考上了，就换个环境好一点的，您放心。现在换来换去也太麻烦。"

沈母想想也有道理，同意了。她把户口本拿出来，沈母说："结婚可以，生子可以，但也要答应我们三个条件。"

沈富阳急忙说："妈，您说。"

"第一，今天就打电话向你爸爸道歉。"

"好的。"

"第二，考上公务员。"

"我一定全力以赴。"沈富阳一副信心十足的样子，"第三呢？"

"孩子你们自己带。"

林安没想到未来婆婆竟然会开出这样的条件，她刚才还觉得沈母挺好的。林安点头答应说："好的，孩子我自己来带。"

一个星期后，沈富阳和林安领了结婚证，刚好也是他们拿毕业证的时候。

沈富阳对同学们说："喜酒在径山自己家办，大伙儿一定要来的啊。"

余杭和叶西湖还在杭州，沈富阳再三和余杭说一定要参加他的婚礼，带叶西湖一起。

叶西湖那段时间忙疯了，她的网店生意出奇的好，余杭让她一起参加婚礼，叶西湖说："我是真的没时间，你去吧，红包我已经准备好了，我和林安也算是熟人啦。"

余杭心里有些空荡荡的，他其实很想让叶西湖和他一起去，这样在别的同学看来，他们是真的在一起了，是真正的男女朋友了。

叶西湖看出了余杭在想什么，笑说："好啦，我抽出时间和你一起去。"

"太好了。"余杭开心得像个孩子。

"小余同学乖，以后都要听我的话。"

"一定，一辈子都听你的话。"余杭信誓旦旦地说。

"不说了，我还要去发货呢。拜拜。"叶西湖一边挥手，一边奔跑着离去。

"西湖，别这么拼，记得吃饭。"

"知道啦。"叶西湖的背影已经消失在舟山东路上。

第九章　爱情来得就像暴风雨

毕业的那年，来了两场台风，但杭州人似乎已经对台风免疫了，因为不管再怎么强大的台风，到了杭州，就像成了秋风，只有扫扫落叶的力量。

有时候爱情的力量，反而比台风更强烈些。

那次叶西湖和余杭一起去沈富阳的径山老家喝喜酒，沈富阳说："昨天已经有二十桌，今天是正式的，得有六十桌。"

林安看到叶西湖和余杭来了，也挺开心，大学同学来得不多。林安拉着叶西湖的手说："西湖，听说你现在做网店挺忙的，能来喝我们的喜酒，真的太感谢了。"

叶西湖说："应该的应该的，我们住隔壁寝室，也算是四年的大学邻居了，你们要幸福哦。"

"那肯定会幸福的。"沈富阳满脸笑意。

叶西湖说："你要是敢欺负林安，我们都不会放过你的。"

"哪敢欺负啊，疼爱还来不及呢。是吧？老婆。"沈富阳搂住了林安。

林安点点头说:“只有我欺负他的份,哈哈。”

沈富阳看着叶西湖和余杭,坏坏地说:“你们俩也抓紧哦,大学已经毕业了,可以正大光明地同居了。”

余杭脸一下子红了,像是自己的心事被人看穿:“我们还早呢……”

沈富阳还想说什么,沈母喊他过去见几个亲戚。沈富阳说:“余杭,你们自己随意点,过会儿来敬你们酒。”

余杭和叶西湖走到自己的那一桌,这一桌基本是同学,不过好几个是沈富阳高中和初中的同学,相互之间也不认识。沈富阳的一个小学同学说:“呀,台风‘凤凰’马上就要来了。”

来的路上,余杭和叶西湖已经从出租车的收音机里听到台风“凤凰”将于今晚登陆杭州的消息。

沈富阳让他们留宿一夜,订了房间。余杭和叶西湖都不好意思,叶西湖说:“晚上真的还有事情。”

沈富阳强留不住。余杭说:“富阳,下次回到学校,我们再好好喝酒。”

余杭和叶西湖提早离开。

回去的路上,叶西湖说:“真想不到,沈富阳这小子对林安还很专一嘛。”

“肯定啊,我也很专一。”余杭说。

“那是因为林安怀孕了,他沈富阳也没有办法。”叶西湖嘴上这么说着,心里却开始相信,大学时的恋爱也是可以开花结果的。

叶西湖因为业务需要，已经在皋亭坝租了房子，她没有和余杭说，因为她从余杭的眼神里猜透了他的心，他肯定有同居的想法。想到同居这件事，叶西湖脸上一红。

“西湖啊西湖，你是不是疯了，你没有看到林安的样子吗？”叶西湖暗骂着自己，但这次看到林安和沈富阳大学恋爱四年，同居半年的有情人终成眷属，她相信了爱情，相信了同居或许也挺好。不过她不能主动和余杭说这事，还是那句话，女孩子应该矜持一些。

学校宿舍已经到了最后期限，余杭打算这两天到外面租房子，他还以为叶西湖住在女生宿舍，要先把她送回去。

台风已经来了，舟山东路两旁的树被吹弯了腰，叶西湖和余杭迎着风，吃力地行走着。

“我已经在外面租了房子。”叶西湖大声说。

“啊，什么时候？我怎么不知道。”余杭有点蒙。

“不好意思，我看你工作也挺忙的，就没有和你说，怕麻烦你。”

“你应该告诉我的，搬家多累啊。”

“不是已经搬好了嘛。”

“你住在哪？我送你吧。台风来了，天又这么黑，你一个人太危险。”

“真的不用。”

“难道还怕我？我是为了你的安全。”

叶西湖没有回话，继续往前走，余杭还是跟在她身后。两人一直到了公交站，大雨倾盆而下，猝不及防。

台风实在太猛了，夹着大雨，一下子就把他们身上打湿了。余杭其实很想脱下衣服给叶西湖,但他身上就一件短袖,而且已经湿透。

“对不起,西湖,刚才应该直接打车把你送回住处的。”余杭心怀歉意地说。

“能一起躲雨,一起看暴风雨,也挺好啊。我还是第一次在台风来的时候躲在外面呢。”叶西湖很是乐观。

“我也是第一次。”

那一刻,在余杭的眼里,最美的不是暴风雨,也不是和叶西湖一起躲雨的公交站,而是叶西湖,叶西湖在世界上最美。他借着喜酒的酒劲还没有消退,壮着胆子说:“西湖,我们同居吧。”

空气凝固,时间静止,暴风雨也变得无声息了。

“什么?”叶西湖的脸已经热得发烫,有些说不出话来。

“我们,同居吧。”余杭也吞吞吐吐,生怕叶西湖会生气。

叶西湖还是有些不好意思:“余杭,我们会不会太快了一点?”

“好像是快了点,西湖,听你的,我都听你的,如果你不想这样做的话,也没有关系。”

“嗯……”叶西湖有些害羞地点点头。

余杭看着叶西湖颤抖的样子,鼓足了勇气,抱住了眼前这个心爱的女孩。

他几乎用出了洪荒之力,狠狠地亲吻叶西湖。叶西湖没有反抗,迎接余杭的主动出击。台风在咆哮,一对杭州的恋人在暴风雨中热吻。

杭州夜未眠。

那一夜两人都没有睡着。余杭把叶西湖送到楼下时，叶西湖说:“你回去吧,路上注意安全。”

余杭明白了叶西湖的意思,点点头:“那你早点休息。”他还是有些依依不舍，叶西湖在余杭的脸上亲了一口，随即快步往楼上跑。余杭虽然有点失落,但他的心里已经开了花,他是个知足的人,而且他也知道,叶西湖是真的接受他了。

叶西湖和余杭正式恋爱了。

他们的爱情,就像是这一夜的暴风雨,来得如此猛烈,如此疯狂,又如此真实。

那段时间,余杭还是很迷茫的,总觉得在超市工作不可能有大的前途,虽然只是过渡一下,但青春的时光就是这样不知不觉中浪费着。还有一点,他没法抽出时间来和叶西湖约会。一对热恋中的男女朋友,怎么可能不约会呢?一天中午,叶西湖刚好有时间,余杭知道老板中午和下午都不会来,就和庆姐打个招呼,溜了出去。

叶西湖在出租房楼下等待着余杭。余杭满头大汗赶到:“不好意思,又迟到了。”

“没事,不会被你老板发现吧？”

“他中午不会来的。”

“那就好。我们到旁边奶茶店喝点冷饮吧？”

余杭没有说话,停留在那里。

“怎么了？”

“西湖,要不还是去你那里坐一下？”余杭有些紧张地说。

“我那里？”叶西湖思索了一下,“也行,不过有点乱。”

余杭连忙说:“没事没事……”

叶西湖带着余杭上了楼:“地方有点小，所以一直没有叫你来。”

“比我那里好多了。”余杭从学校搬出来后,和一个同学一起租了单间,离叶西湖这里有点远,不过房租很便宜,每人一个月才一百元。

叶西湖把自己的小屋布置得很温馨，她本没有打算邀请余杭来,床上还放着她的白色内衣,急忙收了起来。

“坐吧,我给你倒水。”叶西湖掩饰自己的尴尬。

余杭也有点不自在,此时正是杭州最热的时候,屋子里没有空调,只开着电扇。两个年轻人都有些燥热。

叶西湖把一杯凉水递给余杭,余杭一口就喝光了。

“要不要再喝一杯？”

“可以。”

叶西湖给余杭倒了第二杯水,送过来的时候,余杭没有注意,水洒在了他的身上。

叶西湖连忙替余杭擦拭，余杭说:“没事的。大夏天很快就干了。”

在这样的环境中，相互之间的触碰，两个年轻人一下子来了电,迅速地激活了余杭身上的荷尔蒙,像是火山一般。余杭紧紧地抱住了叶西湖。

事后两人回忆起那天的事情，叶西湖还是想笑，笑余杭的“笨”,当然没有嘲笑他的意思。

余杭只记得那天他对叶西湖说:“我会娶你的。一定会娶你为妻的。”那时候的余杭干净得像一张白纸,他是用生命在爱着叶西湖。也许年轻时的爱情就是这样无所畏惧,多年过去,余杭再去回忆这段感情生活,他的心里有美好,但更多的是愧疚,他觉得是自己对不起叶西湖,是他辜负了她。叶西湖把最好的给了他,但他无法承受,也无法坚持那一段爱情。

两人很快同居了。余杭搬到了叶西湖的住处。

第十章　我养你啊

叶西湖和余杭同居了。

余杭完全没有想到会这么快，如他的第一次一样有着迅雷不及掩耳之势。他丢失了在超市的工作，被超市老板炒了鱿鱼。那天，他完成人生中最美好的第一次后，匆匆忙忙赶回了超市。

老板黑着脸站在超市门口，像是特意在等余杭回来，抓个现行。余杭撒谎说："老板，不好意思，今天肚子不舒服，去医院看了一下。"

老板问："配药了吗？"

余杭愣住了，不知道怎么圆谎。

"余杭啊，不是我说你，你才刚开始工作，怎么能这样不认真？现在你们大学生找一份像样的工作也不容易啊。"老板语重心长。

余杭连连点头认错，他觉得老板说得有道理。第一份工作的经验，对他以后的工作以及做人，都有很大的影响。

余杭说："老板，你扣我半天工资吧。"

老板没有说话，走到了自己的面包车旁边，回身对余杭说：“我会让庆姐和你说的。”

第一份工作就这样被炒了鱿鱼，他的心里很沮丧，但也因祸得福，叶西湖收留了他。

叶西湖说：“我养你啊。”

余杭看着叶西湖：“西湖，对不起……我真的一无所有。”

“一无所有无所谓，只要你肯努力就行。”叶西湖笑着说。

“嗯，我会努力的，要不我先帮你……”余杭话还没有说完，就被叶西湖打断了。叶西湖说：“我说过，你得靠自己，做自己爱做的事情，做网店，不是你的兴趣。”

余杭心里很暖，后来余杭之所以能成功，也和叶西湖这话有着很大的关系，靠自己，做自己爱做的事情。

余杭没有了收入来源，也不知道怎么回事，那段时间写出来的小说也发表不出去，点击率和留言都很少。

他对身边的一切都失去兴趣，但在叶西湖面前又假装很努力，他甚至还会每天跑到学校的自修教室去，像个学生一样坐在那里，坐在那里发呆。有时就这样胡思乱想一整天，到了放学的时候，他再回去。

叶西湖拖着疲惫的身躯下班回来。有时余杭会去买一点菜，给叶西湖做好饭，他想这也是他对叶西湖唯一实际的爱意了。他口袋里没有钱，每星期的菜钱也得叶西湖拿出来。确实成了叶西湖养他。

余杭想着就觉得窝囊，幸好叶西湖没有说他。

夏去秋来。秋天似乎就是一个让人感伤的季节。

无所事事的余杭觉得杭州真是一座悲伤的城市，他不去大学自修教室的时候，就会跑到西湖边，在椅子上坐着，看人来车往，看落叶飘零，每一片落叶飘落在他面前时，他都会伤感一下。

伤感自己的经历，伤感自己没用，靠一个女孩子养活。余杭看到有些大学生在兼职发传单，便上前问："你们发传单一天能赚多少钱？"

一个带头的学生说："你也想来吗？一天五十元。"

余杭都没有多想，立即说："好的，那我什么时候可以开始工作？"他想工作简直想疯了。五十元也是钱啊，至少够他自己一天的生活费了。

"现在就可以，不过今天只能算半天了，工资日结。"

余杭握住他的手说："谢谢，那我现在就开始。"

带头的学生叫吴常，一所大学大二的学生，平时不读书，总是跑到外面来赚生活费。他没有想到眼前这个比他大的年轻人工作起来这么卖命。现在这年头，发个传单，谁会这么拼啊。但余杭不这样想，他想养活自己，不想让叶西湖养他。

余杭在西湖边连着发了三天的传单，那天下午，黄昏的夕阳映红了断桥，吴常终于忍不住说："兄弟，你工作很努力，但是……"

吴常还没有说完，余杭急忙说："我会更加努力的，这份工作对我来说很重要，不要开除我。"

吴常大笑。

"你笑什么？"

吴常揽着余杭的肩膀说:“谁要开除你?如果我是老板,你这样的,到年底必须是优秀员工啊。”

“那你想说什么?”

“其实我是想告诉你,发传单一天就赚个八十一百,没有必要这样拼,我到中午就把传单给了扫地的阿姨,让她当废纸卖了。我呢,下午就躲在咖啡店喝咖啡睡懒觉。”吴常笑嘻嘻地说。

余杭后来才知道,吴常还赚手下人的差价,他从上头拿到的钱是一天一百元,给下面的人八十元,也有七十元的,他看余杭这么老实,给他五十元,没想到余杭立即答应,干活还这么卖力。

“原来你是这种人。”余杭的愤怒是因为吴常的人品,发传单是为了做宣传,他却当废纸去卖掉。

吴常没有想到余杭会这么生气,急忙说:“老兄啊,明天我就给你加工资,一天七十元怎么样?”

“不用了。”余杭转身要离开。

“八十元?好了,给你一百元,你已经是和我一个级别的了。我没有赚你一分钱。”吴常想要拉住余杭。

“吴常,谢谢你这几天对我的关照,不过我不干了。我劝你一句,既然赚人家的钱,就应该好好干,至少不应该把传单当废纸卖掉。”

吴常看着余杭消失在西湖边,苦笑一声道:“我还真是碰到了一个傻子。”

很多年以后,余杭和吴常碰到过一次,还是在西湖边,吴常在一家大型的保险公司做销售员。吴常向他推销了各种保险项目,余杭没有买。分别的时候,余杭还是那句话:“好好干。”

余杭发了三天传单,口袋里有一百多元,他等叶西湖下班,带她去舟山东路。叶西湖问:“今天要请我吃饭吗?”

余杭说:“是的,今天不用你养我,我养你。”

叶西湖笑了笑:“好啊,我就等着你养我呢。”

那天晚上,余杭花光了那一百多元,十年前杭州的消费还不算高,在大学旁边的小餐厅还能点三五个菜。两人吃得很饱很开心。

叶西湖没有问余杭这几天在做什么,为什么要突然来舟山东路吃饭。她觉得应该给余杭更多的空间,尤其是这个时候,只要他们都留在杭州,一切都会有希望的,一切都会好起来的。

那一段时间,叶西湖的生意又开始好起来,她差不多每天早上都会跑去四季青进货。

第十一章　在四季青奔跑的女孩

叶西湖去四季青进货都很早，往往天还没有亮，她就起床了。余杭的心里特别难受。叶西湖起床很轻，不想打扰到余杭。其实余杭已经醒来了。

有那么两三次，余杭看着叶西湖离开房间的背影，眼角渗出泪水。他躺在床上想，一定要抓紧时间去找一份工作，不能让心爱的女孩再这么辛苦了。

叶西湖确实很辛苦。冬天的杭州，清晨五点钟，伸手不见五指，一个小女生独自一人跑到服装批发市场，想想都很苦。但是有哪份活是不苦的呢？

服装批发市场就像菜市场，说实话，菜市场也没有这么拥挤和热闹。这简直和春运差不多。叶西湖在天蒙蒙亮的时候已经到了批发市场，大门口已经挤着一堆人，心想不好，那些新款别被人挑选完了。

叶西湖心里这样想着，脚上生风，她身材娇小，反而是好事，一下子就挤到了前面，当然免不了被人骂。叶西湖也习惯了，反正骂她几句又不会少肉，吃不着亏。这一天却不一样。

叶西湖对批发市场已经很了解，知道哪家有新款，哪家的衣服质量比较好。她经常光顾的一家，叫“偶遇女装店”，老板是个中年男子，网名就叫偶遇，杭州人。

叶西湖一路直奔偶遇女装店，老板见叶西湖来，笑嘻嘻地说：“小姑娘，今天我店里来了很多新款哦，包你满意。”

又进来一个中年妇女，很明显，中年妇女也经常来这家店，但和叶西湖是第一次照面。中年妇女没有立即去挑衣服，而是冲到叶西湖面前，指着她的鼻子说：“你这个小丫头，刚才踩到了我的脚，连道歉都没有，给我道歉，快。”

叶西湖刚才挤进来的时候，没有看清踩到了谁的脚，但她不想惹事，和气生财嘛，就对中年妇女说了句：“对不起。”不料，中年妇女不依不饶，又冲到了叶西湖面前，拉了她一把，用杭州话呵斥道：“你什么态度啊，看你小小年纪，是不是爹妈没教养你。”

叶西湖心里的火也上来，她的性格是，你对我好，我加倍对你好，你敬我三分，我敬你十分，你要跟我横，那我也对你不客气。

叶西湖看着中年妇女冷笑了一声，用诸暨话对她说：“想怎样，要不要打一架？”

中年妇女没有想到眼前的小姑娘竟然还会口出狂言，气得跳起来，指着叶西湖说：“你想打架是吧？来啊，你过来啊。”

叶西湖给了中年妇女一巴掌。别看叶西湖个子小，却很有劲，中年妇女的脸上立即留下了掌印。

所有人都没有反应过来，包括中年妇女，她被一个小丫头教训了。她当然不服气，很快反应了过来，眼眶里还含着泪水，暴跳如雷，准备还击。

老板想要劝架。令大家都没有想到的是，叶西湖撒腿就跑。这可能是最好的办法，要是不想和人纠缠，出了气立马就撤。中年妇女追着叶西湖大叫："你给我站住，今天我一定要报仇，打死你个小畜生。"

叶西湖回头，笑着说："你这种人，我是替你爸妈教训一下，下次再敢这么狂，继续教训。"

中年妇女气得又哭又叫，跟不上叶西湖。叶西湖在大学里拿过三公里长跑亚军。她终于跑不动了，也追不上叶西湖了，坐在地上放声大哭："老公啊，你个没用的东西，为什么不让我做个富太太，在家里享福，还要被一个小丫头欺负啊……"

很多服装店老板多年以后都还记得那个跑起来脚上生风的诸暨女孩。

此刻，叶西湖已经跑出了服装市场，她开心不起来，起了个大早，一件衣服也没有挑到，要再回去肯定是不可能了，还不如过两天再来。跑累了，肚子也在叫，早餐还没有吃，身体是自己的，先把肚子吃饱了再说。

叶西湖刚点好餐，手机响了，是余杭打来的，听得出余杭很兴奋。

"西湖，我有工作了，有工作了。"

"什么工作啊？"叶西湖也挺开心。

“影视。”余杭的普通话不是很标准。

“饮食？你要去做厨师，还是洗盘子啊？”

“不是饮食，是影视，电影电视啊。”

“是在电视台吗？”

“不是的，是一家影视公司，电话里说不清楚，你在哪里，要不我来找你？”

“不用，我现在就回来。”

叶西湖从余杭的语气里听出了，余杭很开心，虽然这个时候她对影视了解得不多，也不知道余杭是怎么找到这份工作的，但是她很高兴，是真的高兴。

她奔跑着，奔跑着，跑向等待着她的男朋友。

第十二章　初涉影视圈

影视公司的工作，是杂志社的何老师介绍的。那天早晨叶西湖出门后，余杭躲在房间里，也没有开灯，他想一个人静一静，虽然已经安静了好些时日，但他还是想思考一下自己的未来。

电话响起，余杭吓了一跳。

“小余啊，我是杂志社老何。”电话那头的人说。

“何老师啊，您好，您好！”余杭心里一阵激动，以为何老师让他去杂志社上班。

“最近工作找得怎么样？有没有上班？”

“何老师，我还在找工作。”余杭很老实地说。

“我这边有个朋友，之前也是写小说的，他现在自己开了一家影视公司……”

“影视公司？”

“就是拍电视剧的公司。你要不去他那里看看？我过会儿就给他打一个电话。”

“谢谢何老师,谢谢您!”余杭连连感激道。

“不过啊,人家要不要你还不一定,你也别高兴得太早。”何

“我知道。谢谢何老师。”余杭再次感谢。

后来,余杭多次在讲座上讲到何老师,是何老师推荐他去了影视公司,让他进了一个新兴行业,改变了他的人生走向。

何老师让余杭明天去那家影视公司看看,并给了余杭联系方式。余杭小心翼翼地给影视公司的老板发了短信,确认明天上午十点过去面试。

叶西湖兴冲冲回来,一进房间,余杭就抱住了她。

“找到工作了?”叶西湖问。

“嗯。明天上午去面试。”

“面试?那就是还没有确定?”

“我有一种预感,他们会要我的。而且我感觉我会很喜欢这份工作。”

叶西湖在余杭脸上亲了一口:“你自己喜欢就好。”

余杭抱着叶西湖,多日来的迷惘散去了,他似乎也轻松了许多。两个年轻人紧紧地拥抱着。

余杭和叶西湖躺在床上,看着天花板上从窗缝里射进来的阳光,虽然只有那么一缕,却如此美好,如此温暖。

第二天,余杭到达了那家影视公司。这家影视公司的名字叫永策影视,他来之前查了一下,规模在浙江省内算是大的,拍了不少影视作品,尤其是纪录片。

余杭站在永策影视门口，有些紧张，时间又过去了五分钟，差不多这个时候进去最合适。他问清了永策影视老板宋城的办公室在哪里，敲了敲门。

“进来。”里面的人说。

余杭推门进去：“是宋总吗？我是何老师介绍的余杭。”

宋总对着电脑在看资料，没有抬起头，只是说：“坐吧。”

余杭看到办公桌旁边有把椅子，走过去坐下，内心很忐忑。

宋总开口问：“今年毕业的？”

余杭站了起来：“是的，宋总。”

“什么专业？”

“物流管理……”

“物流？这个和我们影视不搭边啊。”

余杭心里凉了一截，不知该如何回答。

“我听老何说，你喜欢写点东西。”宋总又开口。

“是的，宋总，我在网上写点小说。”

宋总看了余杭一眼，那个时候网络文学还没有兴起，也没有网络文学这一说。宋总看余杭的时候，带着轻蔑：“简历带来了吗？”

余杭脑子“轰”地一下。这段时间无所事事，虽然想着要找工作，但他竟然连简历都没有带。完了完了，余杭啊余杭，你是活该找不到工作啊，余杭在心里骂自己。

“忘记了？”

余杭很老实：“宋总，不好意思，简历做了，但是今天没有带来，我明天带给您可以吗？”

宋总没有说话,他其实是看在何老师的面子上,让余杭过来面试,如果很优秀,就留下,一般就不留了。连简历都不带的毕业生,他不想要。

或许是命运之神在帮助着余杭,让他留在杭州这座城市,让他为影视文化产业发出一些光和热。那天出门的时候,为了坐公交车不无聊,他随手在书桌上拿了一本杂志,发表了他的一篇小说。余杭急忙从书包里拿出了这本杂志,双手捧着交给宋总:“宋总,这期杂志上发表了我的一篇小说,您看看……”

宋总接过杂志,余杭又连忙说:“在六十三页,我的一个短篇小说,《天堂里的贫民窟》。”

宋总直接读起了小说,余杭在一旁很紧张,这篇小说是他一口气写成的,甚至连错别字都没有修改,就直接发给了杂志的编辑老师。不过发表很顺利,一个月后就拿到了样刊。宋总读完小说,掩卷舒出一口气。余杭却大气不敢出,宋总问余杭:“这篇小说写了多长时间?”

余杭老实回答:“两个上午的时间。”余杭喜欢在上午写作,上午思路比较清晰,他一般写三个小时。这篇小说差不多就写了六个小时。

“就用了两个上午?”宋总有些不相信。

“我写东西喜欢一口气写完,有时一天就可以写一万字。”

宋总站起来,笑了两声:“哈哈哈,快枪手嘛。你来我公司上班吧,第一个月算实习期,一千元一个月。”

余杭就这样进入了影视行业,后来他知道自己为什么就这样被录用了。原来宋城之前也写小说,而且小有名气,和何老师就是写小说的时候认识的,在他写作之初,何老师给他发表过几个中短篇小说,算是他的伯乐,所以何老师给他介绍余杭的时候,他给了何老师面子。不过让宋城没有想到的是,他得到了余杭这样一员福将,永策影视也是从这时候开始走向上升期。

那时候影视行业刚刚步入春天,春寒料峭,很多人不相信拍电影、电视剧会赚钱,宋城已经拍了两部电视剧,拍第二部的时候,资金链断了,宋城咬咬牙把自己家的房子抵押给了银行,才把第二部电视剧拍成。但是光拍成也不行,得卖给电视台,电视台播出后,公司才有钱拿,才有盈利。这些都是余杭后来才知道的。在余杭进入影视公司的这一年,影视产业如雨后春笋一般发展了起来。

这一次找到工作后,余杭第一个电话没有打给叶西湖,而是打给了他的父亲。他记得父亲和他说过,让他留在杭州。当时他觉得无所谓,因为叶西湖还没有出现在他的感情世界里,他甚至不知道留在杭州的意义是什么,是为了给他的父亲争光让他在亲戚朋友面前有面子吗?留在杭州是不容易的,不说别的,光是房价,就能成为压断年轻人梦想的最后一根稻草……

余杭打通了家里的电话,是余母接的,余杭说:“妈,您让我爸接电话。”

余母还以为有什么急事,问:“儿子,你怎么了?”

“我有话跟我爸说。”

“好好,你等下。”

余父接起电话:“怎么了?”

“爸,我找到工作了,我明天就要正式上班了,还有,我决定留在杭州,不会回老家的。”余杭铿锵有力地说。

余父很激动:“真的啊?好儿子,留在杭州,你要给爸争光。知道吗?”

“知道,我会留在杭州,给您和妈争光。”

那天晚上,余杭和叶西湖说起了这个电话,叶西湖看着余杭说:“你是为了给你爸妈争光,才想留在杭州吗?”

“当然不是了。”

“那是为了什么?”

“你说。”余杭故意逗叶西湖。

“哼,我不说,反正在你心里排在第一位的,是你的爸妈。”叶西湖假装生气。

余杭抱住叶西湖,说:“你在我心里也是第一位,我以前不想留在杭州,尤其前段时间,还想着逃离这座城市,但是现在我要留在杭州,为了你,为了我们的未来,我们都要留在杭州生活、工作。”

叶西湖的眼眶里有泪,她说:“其实我也看出来了,但我不知道该怎么说,我怕伤到你……更害怕失去你……”

余杭没有再说,只是把叶西湖抱得更紧了。

叶西湖确实怕失去余杭,这样好的男孩,应当珍惜,现在余杭找到了工作,而且还是他喜欢的,她心里也很开心,这比自己有一份满意的工作还要开心。

第十三章　做电商遇到瓶颈期

其实这个时候，叶西湖并不是真正的开心。

她好像遇到了事业的瓶颈期，她刚做电商的时候，觉得来钱很快，按照这样的速度，不用两年她就可以在杭州买房。叶西湖一直觉得自己的眼光很独特，能够挑到大部分女生喜欢的款式，她没有想到的是，正因为电商火了，很多人开始盯着这个市场了，她和她的助手势单力薄，无论在人力上，还是宣传上，都不能跟人家相比。

长江后浪推前浪，叶西湖快要被拍死在沙滩上。

最近一个月进来的货积压在了小仓库里，快要堆不下，但叶西湖不甘心，她想自己是杭州最早做电商的，算是前辈，难道还会被淘汰？

叶西湖心里这么想着，行动上也不落后，她觉得应该把宣传和客户跟上，首先就是加大宣传自己电子商城主页面上所推的新款衣服。每一次叶西湖都是自己亲自上场做模特，她问自己的助手何翠圆："圆圆，你觉得每次都是我做模特，顾客会不会视觉疲劳？"

何翠圆是叶西湖最早招来的助手，比她低一届，人如其名，长得圆圆的，性格很好，有时候叶西湖心情不好，脾气大的时候说两句，她也不生气，跑去买两杯奶茶，叶西湖的火气一下子就没有了。

圆圆说："其实我早就想说了，肯定会视觉疲劳的，我都看麻木啦。"

"那你不早说。"叶西湖生气地说。

"我说了，肯定被你骂啊。"圆圆反驳道。

叶西湖气得说不下去："你……"

"嘿嘿，老板，要不要喝珍珠奶茶啊？"

"喝什么喝，店铺都快倒闭了。"

"啊？"圆圆有些惊讶。

叶西湖搂住了圆圆的肩膀："没事，命运掌握在我们自己手里，既然找到了问题，那我们就解决问题。走，现在就去学校找大一的清新小学妹来做模特。"

那天，叶西湖和圆圆很快找到了两个大一新生，一天一百元，两个学妹高兴了半天。叶西湖亲自给她们拍照，当晚就挂到了店铺上。这一招果然有反响，静悄悄好几天的店铺有了回暖的迹象，叶西湖也觉得这一招很灵，决定去批发市场里多进一些货，多叫几个好看的学妹来做模特。

叶西湖又开始忙碌起来，她还是喜欢去偶遇女装店那里挑衣服，虽然她还心有余悸，但为了选到好的新款，也顾不上这些了。

偶遇老板看到叶西湖来，第一句话就是："小姑娘，你厉害的。"

叶西湖知道偶遇老板的意思，问她："那妇女后面有来过吗？"

“来过，当然来过，连着来了三天，结果三天你都没有出现，她就不来了。”偶遇老板笑了两声。

叶西湖当让他把最新最好看的款式拿出来，老板指着挂在墙上的一批女装说：“这些款式都是昨天到的，绝对新款。”

叶西湖看了看，眉头一皱，没有特别满意的，又问：“还有别的吗？”

“这些还不够吗？”

“和上半年的款式差不多。”叶西湖挑了挑，还是没有看中的。

老板有些懒洋洋地说：“女孩子的衣服嘛，都是万变不离其宗，我觉得那件带蕾丝边的不错。”

叶西湖看了看，觉得有两件还行，挑了出来，付了钱又去另外一家店。那天叶西湖虽然没有选中自己特别满意的款式，但还是拉了满满的一大包，回去一盘点，也拿了三十多件衣服。

她让圆圆通知学妹们，明天上午在北校区的体育馆门口拍照。

第十四章　影视行业如雨后春笋

叶西湖有时候想，住在学校附近很便利，可以找到很便宜的人力，可以很方便地觅食。她和余杭都觉得，只要来到舟山东路，他们好像还是学生一样，充满青春活力。

舟山东路的夜市开始了，各种香味飘到了她的鼻孔里，余杭这个时候应该下班了，立即打了一个电话，但是被挂断了。

这是余杭第一次挂叶西湖的电话。叶西湖愣了一下，又打过去，但还是挂断了。随后余杭回信息："陪老板，今晚有事不回来吃晚饭了。"

叶西湖有些生气，本不想回复，但还是回了一个"哦"字。

"哼，有什么了不起，陪老板，就不陪我了，工作狂。"叶西湖自言自语，但她觉得余杭忙一点也好，刚开始工作就应该努力一点。

余杭工作没几天，就得到了宋城的器重，这也取决于余杭确实有点才华，也很勤奋，老板交给他的任务，都会很迅速完成。宋城后来说："老何同志其实介绍了三个员工过来。"这话的意思是，余杭一个人可以当成三个人用。

那天正要下班的时候，宋城来到余杭办公桌旁，说："小余，晚上跟着我一起吃饭，还有个演员。"

余杭立即答应了："好的，宋总。"他这辈子只在电影、电视剧里看到过演员，还没有见过现实中的演员，心里竟然还有点紧张。

夜色落幕，叶西湖在舟山东路已经快要吃撑了，余杭这边的饭局才刚刚开始。

宋城先介绍了余杭："这是我们公司新来的，叫余杭，挺有文采的。"

余杭有些受宠若惊，连连对着宋总和女演员点头。

宋城又介绍说："这是娴林，演过我们公司两个剧了。"

余杭这才想起来，这个女演员在公司最新的这部剧里演了女二号，不过演那部剧的时候，女演员的下巴和现在似乎有些不一样。余杭不敢多看，娴林也没有多说话，没有吃几口就开始抽烟了，是那种细细长长的烟。

宋城还给娴林夹了菜，说："多吃点。"

"不要，我在减肥呢。"

"你又不胖的，身上没什么肉。"

"身上没有肉，但是脸上有啊，你看看戏里，我的脸都快把屏幕撑破了。"娴林有些怨气地说。

余杭在一旁吃着，大气不敢出，他感觉出了宋城和这个女演员的暧昧，他不明白宋城为什么要在这种场合里带着自己。后来他才知道，宋城一是为了带他来见见世面，二是拿他做挡箭牌，那时宋城的妻子其实已经知道他在外面风流，但提醒过他，不要做得太过分。

饭吃得差不多了，宋城才开始说正事："我接下去打算拍一部《西施》。"

娴林一听要拍新戏，立马就来了劲："拍《西施》好哇，宋总，你是要我来演西施吗？"

"哈哈哈，你演西施？你演东施还差不多。"宋城开玩笑说。

娴林瞪了宋城一眼："你坏，哼，不理你了。"

宋城又讨好道："好好好，你嘛，女二号这个角色肯定要给你的。"

"又是女二号。"娴林还是不满足。

"女二号叫郑旦，也是古时候的十大美女之一，而且这个角色比西施更出彩，你要是把郑旦演好了，肯定会爆红。"

娴林很温柔地问："真的吗？"

"我什么时候骗过你。"宋城喝了一口茶说。

娴林凑近了宋城，在他脸上亲了一口。

余杭正看着宋城和娴林聊天，娴林的突然之举，让他连忙低下头喝水，还差点呛到了。

后来余杭混迹于好几个剧组，也能接触到各式各样的女演员，有一线的，也有二三线的。他刚开始做编剧时，有个三线的女演员约他去酒店聊，他紧张了半天，赴约前，还特意和叶西湖请假，问她要不要同行。叶西湖对余杭很放心，说："你去吧，我相信你是柳下惠。”

那天余杭回到出租房快晚上十二点了，余杭本想轻手轻脚洗漱，不打扰叶西湖，但叶西湖其实没有睡着，起身问了句：“这么晚啊？”

“还没有睡着？”

“你不来，我睡不着。”

“我马上来喽。”

余杭刷了牙，就爬上床去，他没有给叶西湖说和女演员吃饭的事情，这或许也是后来宋城信任余杭的缘由，就算是对最亲爱的人，余杭也没有把老板的事情说出去。

那一年的影视行业，如雨后春笋一般，蓬勃地发展了起来。先是宋城的新剧被三家电视台购入，就是娴林演女二号的那部剧，让公司有了起色。那次吃完饭第二天，他就把余杭叫到办公室，已经有一位老编剧在等。

老编剧叫汪庄，写过很多古装剧，一批当时最火的明星都演过他的戏，汪老师也成了余杭的编剧老师。这次宋城让余杭给汪老师做助理，帮汪老师打字，因为汪老师不会用电脑打字。余杭也感到很荣幸，汪老师写的剧他几乎都看过。

汪老师很和蔼，余杭去他家里拿手稿的时候，汪老师都会邀请余杭喝茶，欣赏他收藏的一批古瓷器。余杭也喜欢瓷器，看过一些关于瓷器的书，在汪老师这里触摸到实物，无比兴奋。虽然是手写的剧本，但字写得十分漂亮，余杭拿到手稿后，一般会先到公司里通读一遍，有时上班时间完不成工作，就回去继续。

西施是古代四大美女之首，是浙江诸暨人，和叶西湖是同乡。叶西湖看着余杭加班加点工作，参与《西施》剧本的创作，也觉得欣慰。

"西湖，这部《西施》开拍了，我带你去剧组玩。"

"真的啊，那太好了。"

"你和西施都是诸暨人，你当然要去了，说不定导演觉得你和西施有渊源，还让你客串一个角色呢。"

"演戏还是算了。余杭你加油，我觉得影视行业挺有意思的。"叶西湖为余杭鼓劲。

"是的，我自己也挺喜欢这份工作。"余杭每个月的工资并不高，最初一千元，半年后，宋城才给他加到两千五百元，他完全凭着自己的兴趣在做这份工作。年轻人得到机会比得到金钱重要得多，余杭心里想。

《西施》剧组三个月后就建组了，汪老师才写了十集剧本，但宋城已经和某地方卫视谈好了，某地方卫视还可以付百分之二十的预付款，第二年的暑期档就可以开播，只要这部剧成了，永策影视将会成为国内影视公司的领头羊。现在最重要的是，把剧本写完。

宋城把余杭和汪老师请到了度假酒店，让他们在酒店房间里封闭式工作，汪老师直接口述，余杭打字。汪老师说："这简直就是坐牢嘛。"

"想吃什么随便点。"宋城笑着说。他确实是个聪明人，他看出来汪老师和余杭都是老实人，吃喝玩乐能花多少钱。就这样，余杭住进了酒店，封闭式创作两个月，直到剧本全部完成。

那时宋城不知道余杭有女朋友，余杭也没有说。这就苦了余杭和叶西湖，只能用电话和短信来传达相思之情。余杭是幸运的，遇上了自己热爱的事业，也遇上了理解他的女朋友。

第十五章　谁来和我聊梦想

叶西湖能理解余杭，也了解余杭。但余杭对叶西湖是不够了解的，他只知道叶西湖网店做得很不错，能赚不少钱，从来没有问过叶西湖真正喜欢什么，做网店也不可能做一辈子的呀。

是的，不可能做一辈子。叶西湖这样问自己，她到底喜欢做什么，她的梦想是什么？叶西湖突然迷惘了，难道她的梦想就是多赚钱吗？多庸俗啊。庸俗的梦想是最难实现的，现在赚钱这么难。

货越压越多，她一天比一天焦虑，余杭又不在她身边，有时候晚上辗转反侧无法入眠。叶西湖之前没有失眠过，她是个乐观的人，读大学时没有什么事情让她焦虑过，就算是期末考试，她都不会失眠。

但是创业初期，她好几次失眠。她看着出租房天花板上的微光，夜已经深了，余杭不知道有没有睡，已经是凌晨一点钟，她抱着一点希望给余杭发了条信息："我睡不着。"

没想到余杭很快打来电话："怎么了？"

“失眠。你也没有睡啊？”

“我是干活到现在，宋老板都是凌晨三点钟才睡觉的，他不睡觉，随时都可能找我。”余杭的声音里有些疲惫。

叶西湖反过来安慰余杭：“那你还是要多注意身体，周末我来酒店看你。”

“嗯嗯好，小猪你快点睡觉吧。”

“你才是小猪呢。”

“当猪好啊，无忧无虑，就不会失眠了。”

聊着聊着，叶西湖反而更加兴奋了，但她知道余杭白天也得工作，依依不舍挂掉了电话。

叶西湖还是失眠了，她和余杭聊了半个多小时，但就是没有聊为什么失眠，聊她最近的焦虑，聊聊梦想和人生。

这个时候的叶西湖真的很想有个人和她谈谈人生的方向。她有点不知所措。

叶西湖睁着眼一直到天亮，脑袋昏沉沉的，她想起今天还叫了两个学妹拍照，只能起床往学校赶。

早晨的校园是美好的，但叶西湖没有心情去欣赏，直奔北校区的体育馆门口，今天要拍运动休闲装系列，以体育馆为背景还蛮符合。

已是寒冬天，体育馆这边很空荡，北风呼呼地直吹，叶西湖冻得瑟瑟发抖，她看了一下时间，离约定的时间过去七分钟，两个学妹还没有到，她给圆圆打了个电话，赶紧催她们。十五分钟过去，还不见两个学妹的身影，叶西湖有些气恼，下次不能再用这两个人。

又过了五分钟,两个学妹才姗姗来迟,嘴里说着:“不好意思,学姐,我们睡过头了,天气太冷了。”

两个学妹都黑着眼圈,也不知道她们昨晚什么时候才睡的。叶西湖看了她们一眼,说:“怎么没有化妆啊?”

“我们现在画个淡妆好了。”

“算了算了,抓紧时间吧。”叶西湖让她们换装。

那一天叶西湖拍好照片,说实话她对照片不是特别满意,回来后,鼻子就塞住了,祸不单行,生理期也刚好到了,肚子疼得要死。

她给余杭发了信息:“余杭,今天能回来陪我吗?”

“你不是周末要来酒店吗?”

叶西湖差点哭出来,但是余杭很快又回了一条:“好的,我干完活,晚点回来陪你。”

叶西湖生气了:“不用了。”随后关机。

余杭感觉女朋友可能生气了,连忙打电话,发现已经关机。汪老师看出他有些心不在焉,问:“有事吗?”

余杭收起手机说:“汪老师,没有事。”

“要是真有事,你过会儿就去忙,老宋问起来,我会替你挡。”

汪老师从余杭的神色中看出他有事,而且应该是和女朋友有关。优秀的编剧最会察言观色,也会设身处地,他加快了口述的速度,在吃晚饭的时候就把一集剧本完成了。

他正准备离开酒店的时候,宋城来了,带着娴林。宋城嘴上说是来慰问汪老师和余杭的,其实是来搞突然袭击的。

余杭庆幸晚一步走,不然被逮个正着,自己的饭碗很有可能不保。

汪老师见宋城来，故意带着讥讽的语气说：“呀，老宋啊，你难得来看我们的嘛，你不放心我，难道还不信任你自己公司里的小余同志吗？”

宋城笑着说：“哪里哪里，我对你们啊一百个放心。我刚出差回来，天气冷了，来看看你们，老汪啊，晚上喝点酒，暖暖身。”

“哪有时间啊，今天的活还没有干完呢，老宋你就忙自己的事情去吧，我们还得抓紧时间干活呢。”汪老师说着走到电脑桌前，不理宋城了。

余杭看了一眼汪老师，眼神中带着感激之情。

汪老师说：“哎，小余，干活吧。”

余杭坐在电脑前，开始打字。

宋城看两人这么认真，露出微笑，从包里拿出两支高级人参，说：“老汪，给你补补，那我们先走了。”

汪老师笑着说：“哈哈，那就谢谢了。”

宋城和娴林走了，余杭舒出一口气。

汪老师得意地说：“怎么样，编剧的演技其实比演员还要好的。”

余杭笑说：“向汪老师学习。”

汪老师拿起人参：“送你吧，有事的话，赶紧走。”

余杭推辞说：“不不，这是宋总给您的，谢谢汪老师，我不能拿。”

“拿着吧，这种补品我家里太多了，你可以送人，可以给你爸妈,也可以送女朋友的。”汪老师面带浅浅的微笑。

余杭看着汪老师,眼前这个老编剧,似乎能看穿所有的事情。

余杭回到出租房的时候,叶西湖正蜷缩在床上,她已经出了一身冷汗,余杭快步走到床边,说:“我给你倒一杯热水。”

“余杭,抱抱我……”叶西湖有气无力。

余杭躺了下来,抱住了叶西湖,紧紧地抱着她,说:“西湖,对不起,在你最需要我的时候,没能陪在你的身边。”

叶西湖的眼角有泪水,但此刻所有的温暖都上来了,说:“只要你现在在我身边,我就不疼了。”

“我陪着你。”

余杭就这样抱着叶西湖,叶西湖本想和他聊梦想的,但是她现在脑子里一片空白……

叶西湖睡着了,很安稳地睡去了,这是她最近睡得最好的一觉。醒来的时候,余杭给她煮了一锅鸡汤,汤里放了人参。

“这么补的东西哪里来的?”

“是宋总给的,看着挺高档。”

叶西湖喝了一碗鸡汤,出了一身汗,伸展了一下懒腰,说:“真舒服。”

余杭很欣慰地笑了,说:“有钱人的东西就是好。”

“不是。”

“不是什么?”

“不是有钱人的东西就好,是因为你在我身边,一切都会变好。”叶西湖说着，走到余杭面前，亲了他一下。

手机响了，余杭看了一眼：“汪老师让我回酒店了。”

叶西湖有些不舍，但还是很开心地说：“去吧，周末我去看你哦。”

叶西湖有点失落，不过她约了圆圆，商议网店接下去的计划。她请圆圆在舟山东路吃了中饭，两人就在学校旁边慢慢走着。叶西湖已经有长时间没有像这样慢慢地散步了，她总是在奔跑，现在可以慢下来了。

午后的舟山东路有些安静，路过一家水果店的时候，叶西湖很随意地问了句：“老板，你们这里一年租金要多少啊？”

水果店老板看了一眼叶西湖，觉得也不像来抢生意的，就回答：“五六万元吧。怎么，小姑娘，你想要开什么店啊？”

“服装店。”叶西湖脱口而出。

圆圆瞪大着眼睛问：“学姐，你要开实体店？”

“是的，我们得把囤着的货卖出去。”

这个想法其实也不是一时兴起，叶西湖读书的时候就有过这个想法，不过那个时候手头上没有太多资金，毕竟租房子的费用不少。现在手头上有些钱了，开一家实体店，自己做老板也不错。

最关键的还是店面，得选好位置，叶西湖想把店开在舟山东路上，这里有这么多学生，自己也熟悉这个地方。

周末的时候，叶西湖去酒店找余杭，和余杭聊了这个想法，这也算是她眼前的一个梦想。

不料，余杭沉默了一会儿，说：“西湖，我劝你还是再考虑一下，开实体店和开网店不一样,各方面成本都会加大的。”

“这个我想过,舍不得孩子套不住狼,况且我现在有启动资金。”

“可是……”

“你不支持我吗?”

“我是怕你太辛苦。”余杭搂住叶西湖。

叶西湖挣脱开余杭,说:“我年轻,怕什么辛苦。你现在又养不了我。”

“我……”

叶西湖拉着余杭的手说:“好啦,我真的不怕辛苦,其实开店也是我的一个梦想。”

“等我空一点,我来帮你看店。”

“你还是做好你眼前的工作。《西施》剧本什么时候能好?”

余杭带着疲惫说:“剧本还没有这么快结束,宋总和电视台的合同已经签订,让汪老师再加十集剧本的量。”

“你们老板真会做生意啊,不过你安心一点,好好向汪老师学习。”

余杭感激地看着叶西湖:“西湖,谢谢你的理解。”

“你现在有梦想,又是朝着正前方行进,是好事呀,我当然理解你。”

“不过你真打算以后做服装销售这一行吗?”

“走一步看一步吧。”叶西湖这么说,但她的心里还是很迷茫。

梦想,梦想到底是什么?她和她最爱的男孩子这样聊着,发现心里越没有底了。这或许也是大部分年轻人的现状。

那一夜,叶西湖留宿在酒店里,她把余杭换下的衣服都洗干净了,晾晒在阳台上。

余杭工作到凌晨三点钟,叶西湖已经睡着,余杭躺下,睁着眼睡不着。他听明白了女朋友来找他聊梦想,他懂现在的叶西湖应该很迷茫,但是他又帮不上忙。

第十六章　假男友

天亮的时候，叶西湖见余杭还在睡觉，不想打扰他，写了一张纸条放在床头柜：“亲爱的猪头，注意身体，我会来再看你的。”

叶西湖亲了一下余杭，轻手轻脚地离开了酒店。

余杭苏醒过来的时候，发现叶西湖不在身边，他叫了一声，没有回应。

余杭看到了床头柜上放着的纸条，有喜悦又有愧疚感，给叶西湖发了条信息：“西湖，不好意思，等我忙完这一阵，一定会好好陪你的。”

此刻叶西湖已经在舟山东路上，她和圆圆选中了一家店铺，这里之前是个杂货店，因为租金太高搬走了。叶西湖正在和房东谈价格，看了一眼余杭的短信，没有回，把手机放进了口袋里。她对房东说：“我也是刚创业，手头上的钱不是很宽裕。您看看五万元一年可以吗？”

房东说：“小姑娘，我知道你们也不容易，但是之前的那个租客也是这个价,我今年就涨五千元,不算多。”

叶西湖咬了咬牙说:“这样吧,我给您一次性付两年的租金,十万元。”

房东笑了笑:“哈哈,小姑娘,你可真会做生意,说来说去,还是五万元一年啊。”

叶西湖说:“第三年涨房租。”

房东想了想,说:“好,我算是服了你,就按你说的,一次性付十万元。祝你生意兴隆。”

店面是定下来了,叶西湖想起得给余杭回个信息:“余杭,店铺搞定了。”

余杭很快回过来:“恭喜老板娘。”

叶西湖心里乐开了花,她想在过年前把服装店装修好,过年回来就可以开张营业。人一旦忙起来,就会把所有的忧愁忘记。

那段时间,余杭也在酒店忙疯了,宋城已经定下来新年后《西施》就正式开机。余杭一天要工作十六七个小时,不过吃饭和睡觉前都会给叶西湖发个问候信息。

叶西湖一心扑在店铺装修上,有时反而不会想起余杭。圆圆知道学姐交了男朋友,还开玩笑说:“学姐,怎么感觉你是交了个假男友啊?”

叶西湖笑着点头说:“好像还真是个假的男朋友。”

叶西湖嘴上这样说着,但每当余杭说今天刚交了一集剧本的时候,就会问一下:“要不要我来看你呀?”余杭如果说可以,叶西湖就会去酒店找他。

叶西湖说:“快过年了。”

“嗯。”

“你有什么打算?”

余杭没有听明白:“打算?”

“我们交往也有些时间了。”

余杭听懂了:“西湖,你是在邀请我去你家吗?”

“才不要你来我家呢。”

“那……我就悄悄来你家门口看你。”

“那你来啊。”

叶西湖随口一说,但是没有想到余杭这个“假男友”还真的在正月初二那天来了,不过没有进门。

余杭工作到大年廿九,那天晚上宋城请他和汪老师一起吃了饭,还给余杭发了一万元现金红包,让余杭受宠若惊,他恨不得立即跟叶西湖分享这件事,但是女朋友已经回了老家。

宋城也不是白给余杭这么大的红包,让他过完年早点回来工作。余杭问:“宋总,您让我正月初几回来?”

宋城说:“初二初三吧。”

余杭愣了一下说:“啊,好的,宋总。”

汪老师在一旁带着讽刺说了句:“真是个资本家啊。”

宋城连忙向汪老师敬酒道:“老汪啊,您的稿费,明天上午我就让财务打你卡里,哦,大头打招商银行,小头打农业银行。”

宋城这话一出口,汪老师便无话可说了。宋总似乎也拿住了汪老师的命脉,原来汪老师在老家还有老娘,稿费的大头交给老婆,小头就汇给老娘。

汪老师是个孝子,余杭的性格和他有些像,他把第一年工作的奖金一半交给了父母,自己留了一半,他想着给叶西湖买点什么礼物,或是去哪里好好玩一下,虽然只有短短的三天假期。

余杭的父母拿到了儿子发的奖金自然很开心，虽然很舍不得儿子这么早回杭州去上班,但余父说:“儿子,你好样的,你老板让你这么早回去工作,说明他器重你,好好干。”

“爸,我会好好干的。”

大年三十晚上,余杭回到房间,第一时间给叶西湖打电话,第一句话就是:“西湖,我想你。”

叶西湖在诸暨老家陪父母过年,家里还挺热闹的,听余杭说想她了,心里美滋滋的,挂了电话后,特意发了一条短信过去:“我也想你了。”

“真想马上见到你。”

“我也是。”

“问我丈人丈母娘好。”

“谁是你丈人丈母娘啊?”

“你爸妈啊。”

“想得美。”

两人就这样聊着,一直聊到新岁的爆竹响起,聊到手机滚烫自动关机。余杭说要给叶西湖一个新年的惊喜,叶西湖没有想到,余杭两天后出现在她家楼下。

余杭胆子很小,就算叶西湖邀请他,他也不敢进门,他到了叶西湖家楼下不远处的时候，就打电话让她下楼，叶西湖见到余杭的那一刻，差点冲上去抱住他。

那一次余杭没有进叶西湖家，也成了他后来很后悔的事情，他时常想，如果那个正月初二进了叶西湖的家门，认识她的爸妈，或许他们最后会在一起。

叶西湖把余杭带到镇上。正月里的古镇很热闹，古镇的名字叫枫桥，很有历史底蕴，诸暨三贤王冕、陈洪绶、杨维桢都诞生在枫桥。

叶西湖把余杭带到枫桥大庙。这座古建筑建于南宋时期，抗日战争的时候，周恩来总理曾来这里做抗日救国演讲。

“你可真会搞突然袭击呀。”叶西湖瞪着眼睛。

余杭假装很无辜说：“我之前和你说过的嘛，给你个新年惊喜，而且我是真的想你了。”

“算你还有点良心。”

“不然我真的成了你的假男友了。”

“我还没有和我爸妈说过我们的事呢。”

“我已经和我妈说了，下次找个机会去我家。”

“阿姨怎么说？”

“这个嘛，未来的儿媳妇还是要好好考察一下的。哈哈哈。”

在一起的时光总是太匆匆，叶西湖很是不舍地把余杭送到汽车站，余杭差点忘记给叶西湖的礼物，连忙从书包里拿出一个小盒子，里面是一只纯金的小鹿挂坠。

叶西湖拿着金鹿挂坠：“金的？你可真够有钱的，买这个给我。”

“宋总不是给我发了奖金吗?第一笔奖金当然是给你买一个好一点的礼物。”

“那也不用买黄金……”

“我觉得挺可爱的,鹿就是禄嘛,祝老板娘新年发大财,来,我给你戴上。”余杭把金鹿挂坠戴在了叶西湖的脖子上。

叶西湖深深地亲吻了余杭,说道:“等我三天,我正月初六就回杭州。”

那天,叶西湖回到家,把她交了男朋友的事情和爸妈说了,她爸倒是没有说什么,她却似乎有些不高兴。

叶西湖和她妈妈回到房间里谈心。

“那个男孩子是杭州本地人吗?”

“不是。”

“女儿啊,你知道大城市奋斗很不容易的,如果男方和你一样的条件,你会苦了自己的。”这话当然是为了她女儿好。

“妈,这个你不用担心,我们可以靠自己的本事去买房,成家立业。”

“唉,西湖啊,你想得太简单了。我是过来人……”

叶西湖打断妈妈的话:“难道像爸爸这样的男人不好吗?虽然没有什么钱,但是他对你好。我的男朋友对我也很好。”

“妈是为了你好。”

母女俩的谈话并不顺利,叶西湖正月初五就回了杭州,她没有把这事告诉余杭,只是说想早点回来和他在一起,把刚装修的店铺打扫一下,等学生们回来,开门营业。

第十七章　新年都是好的开始

余杭没有体会到女友的心情，他在酒店里赶剧本，叶西湖的店铺他也没有帮上什么忙，都是靠叶西湖一个人在那里打理。

《西施》也在正月十八开机，余杭更加忙了，因为汪老师加快了口述的速度，余杭打好稿子后，还得校对一遍，交给宋城审阅。

新年都是好的开始，正月十五后的舟山东路开始热闹起来，学生们差不多都回校了，叶西湖选择在这一天正式开业。余杭说好要来的，结果老板让他回公司开会，出不来了。

换是别人肯定得生气，但叶西湖理解余杭，也支持他的事业，她带着恳求的语气说："要不你那边开好会，再过来？"

余杭在电话里答应了，会议一结束，就赶到新店，结果会议开了一整天。宋城是个工作狂，中午的时候给大家点了盒饭，一边吃饭一边开会，一直到天黑。

这时叶西湖还在店里，第一天开张，进店的顾客还挺多的，但几乎都是挑挑看看，并不下手买，可能新年大家都刚买过新衣服。

她有点后悔，应该在放假前把服装店开起来的。忙活了一天，很是疲惫，她想早点回去休息，刚要出店门的时候，余杭匆匆忙忙跑来了，说："对不起，西湖。我来晚了。"

叶西湖假装生气："你来的可真够晚的。"

余杭低下头去，叶西湖却露出笑容来："好啦，和你开玩笑呢，你赶来就很好了。你们老板放你出来？"

"我向他请假了，我说回来拿换洗的衣服。"

"这个理由挺不错，走，去吃东西。"叶西湖关了店门，拉着余杭向舟山东路的美食奔跑过去。

吃是最能释放压力的，现在余杭手上也有积蓄了，不会像大学时候一样舍不得花钱，他们吃撑了回到出租房睡觉，相信明天是新的一天，明天会是好的一天。

《西施》开机，余杭跟着宋总和汪老师一同去了剧组。余杭本来想带着叶西湖到剧组看看的，但是面对宋总他们，又觉得不好意思，他想另外找机会。

叶西湖其实也没有那么多时间出来玩，服装店刚开，得把生意做起来，她看着满屋子的冬装很是焦虑，不断用"鸡汤"来鼓励自己，嘴里念着："冬天来了，春天还会远吗？"

"春天，杭州的春天就要来了。"叶西湖自言自语着，突然跳了起来，像是创作者来了灵感一样，有了让服装店火起来的灵感。

叶西湖带着圆圆直接打车去服装市场。

"学姐，我们这个点来这里，还能挑到什么款式啊？"

叶西湖没有回圆圆的话，她小跑着一路扫视那些还开着的服装批发店，看到有在卖春装的店，就跑进去购买。

那天叶西湖买了两大包春装，她知道杭州的春天说来就来，有时候天气暖和起来，甚至像个小夏天，穿短袖都可以，她一定得抓住这个时机。在别人还在卖冬装的时候，她就开始卖春装，实体店和网店同时更新了货物。

果然不出叶西湖所料，不到一星期时间，杭州的天气一下子变得暖和，女生们爱美，舟山东路上的服装店也就那么三五家，叶西湖的店是唯一卖春装的，款式还很多，自然吸引了大量的顾客。

叶西湖都快忙不过来，服装店生意很是兴隆。叶西湖暗自觉得自己人生的春天也来到了，做服装实体店的决定是对的。

余杭这边也很顺利，《西施》开机后，他给汪老师做助手的事情告一段落，不过宋城也不会让他闲着，之前永策影视没有宣传部门，宋城让余杭组建宣传部门，开大会的时候，宣布余杭为永策影视的宣传总监，小余一夜之间变成了余总，当然这个部门只有余杭一个人，所有的事情都得他负责，包括写宣传稿、联络媒体。

幸好余杭是很善于学习的，他找新闻学的书籍自学，找电视访谈录来看。

余杭终于找到了机会，让女朋友和他一同去剧组玩，他现在负责宣传，宋城让他请一些媒体来剧组采访，还给余杭派了车子。

叶西湖其实对演员并不是那么感兴趣，她不是追星族，不过第一次看到活生生的明星还是挺开心的，余杭还特意让她和几个演员合影。

叶西湖说："没想到我的生活竟然会和娱乐圈搭边了。"

余杭说:“你在我眼里就是大明星,我就是个娱乐记者,希望每一天都可以把你精彩的内容报道出来。”

叶西湖看着余杭说:“我怎么觉得你自从进入了这个圈后,嘴巴也越来越油了。”

“这不是被逼的嘛。”

余杭所说的“被逼”是确有其事。他刚进剧组的时候,和一位著名女明星一桌吃饭,他都不敢抬头,宋城让他采访女明星。

余杭一晚上没有睡觉,一是因为紧张,二是得狠狠做功课。幸好对方没有什么架子,采访很成功,也给了余杭信心。后来采访他就开始熟门熟路,这倒是把他的胆子和嘴皮子都练了出来。

新的一年确实是好的开始,叶西湖的服装店盈利不错,余杭对影视行业也渐渐熟悉起来。不过余杭越来越忙碌,为了照顾余杭,叶西湖决定把在学校旁边租的房子退了，搬到离余杭工作近一点的骆家庄。

第十八章　骆家庄

骆家庄的出租房其实还不如舟山东路旁边，这里住着的大多是上班族，没有什么学生，少了许多青春的气息，却被美名曰：商住区。

叶西湖把出租房布置得很温馨，余杭说特有家的感觉。

确实有家的感觉，叶西湖还特意在舟山东路上淘来一些可爱的碗碟，说是要给余杭做好吃的，碗碟好看了，菜品自然也就上去了。不过这些碗碟买来后，几乎没有怎么用，两人的工作比之前也要忙多了。尤其是余杭。

搬到骆家庄后，余杭去上班走路过去只需要十多分钟，平时也有一些时间自由支配，自从宋总和汪老师把他带上影视剧创作这条路后，他觉得写小说可以先放一放，专心学习写剧本。

宋城觉得拍《西施》赚钱了，第二部古装剧就拍《杨贵妃》，准备把四大美女都拍了。他把余杭叫到了办公室。

余杭听宋总的语气有些郑重其事。

宋总说："你跟了老汪一段时间，应该学到不少。"

余杭点头道："是的，宋总，汪老师让我学会了怎么写剧本。"

"很好。有没有兴趣自己试一试写个剧本？"宋城看着余杭说。

余杭一听，连忙从座位上起身："宋总，这个我恐怕不行……"

"胆子要大点，你的文字功底其实很不错的。先写写看，要是剧本能用，我还会给你稿费的。"宋城面带微笑。

"那我先试试看。"余杭知道自己的机会来了，也明白了当时宋城为什么要让他跟着汪老师。

余杭就这样开始着手写大型古装剧《杨贵妃》，在写之前，他阅读了大量的隋唐史书籍，正史和野史都读。宋城也给了他意见，让他去看之前播出过的关于杨贵妃的影视剧，还说看到好的桥段都可以直接嫁接过来。余杭明白这个嫁接的意思，但他还是想用自己原创的，至少是根据史料改编的。

余杭和叶西湖已经少了刚开始恋爱时的激情，有时一起到楼下吃饭，手都不牵了，吃好饭又各自去忙。叶西湖白天看店，晚上兼顾网店收入还算可观。

出租房其实很小，转个身就能看到彼此。余杭刚开始写剧本，有些急躁，有时稍微有点动静来，他就恼火。

叶西湖察觉出余杭的心情，说："要不我们换个大一点的房子？一室一厅的。"

"不用，我们得存钱，过两年付首付，自己买房。"

叶西湖同意，他们就是奔着买房、结婚的目的，但是在这样小的出租房里，余杭无法把她当成空气，她肯定会干扰到余杭的创作。叶西湖想到自己一个高中女同学也住在旁边,于是厚着脸皮去高中同学那里玩,有时到十一二点才回来。

余杭心里还是念着叶西湖,过了晚上十点钟他就会催女朋友回来,但叶西湖说让余杭安心创作,过会儿她自己会回来。余杭还是不太放心,让叶西湖十一点前必须回来,他可以第二天早点起床写作。

第十九章　成为编剧不容易

余杭写到晚上十一点，第二天清晨五点钟起床，一直写到八点，赶去公司上班。就这样过了半个月，余杭利用自己的休息时间完成了《杨贵妃》的两集剧本，抱着忐忑不安的心情，把剧本发给了宋城。宋城只说了句："我先看看再说。"

两天后，宋城把余杭叫到了办公室，也是很简单的话："你的剧本不行，台词太生硬。"

余杭僵在了那里。

宋城没有再说什么，余杭站了一会儿，只能说："宋总，要不我再去修改？"

"要修改也得推翻重写。"

"重写？"

"对，重新写。"

那天余杭躲在被窝里狠狠地哭了一通，这是他记忆中唯一的一次哭泣。五年前，外婆去世他都没有哭，他从小在外婆家长大，外婆是他除了父母之外最亲的人。但是这一次他哭了。

叶西湖到了楼下，还没有吃晚饭，就问余杭吃了没有，余杭说下楼找她。

到处都是路边摊，叶西湖点了两个菜等余杭，余杭一坐下来，她就发现不对劲，问怎么了。

“没什么。”

“你哭了？”

余杭还想躲过去，说：“我怎么可能会哭。”

“你的眼睛都红了。”

“我……”

余杭瞒不过去，只能把剧本被宋总给否定的事情告知叶西湖。

两人回去后，叶西湖对余杭说：“今晚就好好睡一觉，什么都不要想，明天起床就是全新的开始。”

余杭迷迷糊糊地睡去，在睡梦中还想着剧本的事情，宋城又把他叫到办公室，让他这辈子都别干编剧的活了，因为他没有天赋。梦的后面，余杭回到了他高考的时候，数学题怎么做都做不完，一直到收试卷，还有十多道题目没有做好，他乞求老师不要收走他的试卷，监考老师竟然是宋城。他惊醒……

叶西湖也醒过来：“是不是做噩梦了？”

“没有。睡吧。”余杭翻了个身，背对着叶西湖，假装又睡着了。他的眼睛一直睁着，直到窗外的一丝微光钻进来，他知道天就要亮了，或许新的一天，真的是全新的开始。

叶西湖要去市场进货，匆忙洗漱了一下就出门了。余杭起床看手机，有一条叶西湖发来的短信："无论什么时候，都有我在你身边。"余杭的心里涌起了一股暖流。

到了公司，余杭还是有些胆战心惊的，他只有拼命工作，把宣传的事情做好，暂时忘记剧本。他也想过了，宋城让他重写，就是给他一次重生的机会。他不会放过这样的机会。

临下班的时候，余杭给叶西湖说自己在公司加班写剧本，让她早点休息。余杭的办公位置比较靠里面，在一个格子间里，倒也挺安静的，同事们下班都很准时，到了五点三十五分，差不多没有人了。余杭吃了中午买好的面包，就开始重新写剧本。

第一次加班写剧本到深夜，被宋城看到了。宋城没有说什么鼓励的话，倒是请余杭吃了夜宵。两人在路边摊，宋城也是农民出身，一个身价几千万的大老板似乎也不在意这些，让余杭很感动。

此后差不多每天，余杭都会加班到晚上十一点，连着一星期，把一集剧本完成了，这一次他反而放松了许多，他想大不了再被重写一次。把剧本交上去后，当晚宋城就给他回了信息，说："可以往下推进了。"

在余杭后来的剧本创作生涯中，"可以往下推进了"这几个字成为一部剧最好的希望，这说明老板是真想要做这部戏了，而不是骗人，影视行业里有太多的欺骗，从制片人到导演，侃侃而谈，不知道这些人的嘴里有几句是真话。

此时的余杭涉足影视圈还不深，一心想要把剧本写好，做一名好编剧，如此足矣。因为得到了宋城的许可，余杭全身心地投入到了剧本创作中，几乎每天加班，周末也多在公司里写剧本。这样一来，就没有时间陪叶西湖。两人在一起时间长了，就是这样，不像是恋人，反而觉得是亲人了。

要说叶西湖对这个男朋友没有意见，那是假的，她很清楚余杭这几年要想在影视界立足，必须付出比常人加倍的努力，但她有时也会觉得寂寞，尤其看着成双成对的男女朋友手牵手在一起的时候，心里羡慕，她觉得自己都没有谈恋爱，就和余杭步入了“老夫老妻”的生活。偶尔周末，她主动要求余杭带她出去玩，余杭以还要赶剧本为由拒绝她。

叶西湖嘴上不说，但心里是生气的。

余杭也感觉到她不开心，讨好着说：“等我写好这个剧本，拿了稿费，就带你去国外旅游。”

叶西湖也挺好哄，就这样抱着和余杭去国外旅游的期望，一直到两人分手，这个期望都没有实现。这当然是后话。

余杭其实也想带叶西湖出去玩，但他确实没有时间，剧本完成五集后，宋城就和电视台进行了对接，电视台购片部的欧阳主任来杭州谈这个项目。

宋城带上了余杭，和欧阳主任一起吃饭。宋城介绍余杭是《杨贵妃》这部剧的编剧之一，欧阳主任说余杭很年轻啊。余杭不知道该怎么回答。

宋城说：“你们台需要的不就是青春时尚吗？年轻编剧的思路开阔，所以我就大胆起用了新编剧。”

欧阳主任笑着点头说：“宋总这胆子也是够大的。”

电视台要看《杨贵妃》的剧本，但宋城没有把余杭的剧本拿出去，说还要继续修改。

汪庄说宋城是老狐狸，这话一点不假，宋城确实很狡猾，而且精明。他先让余杭写《杨贵妃》的初稿，又叫来了汪老师，让汪老师给余杭修改，当然修改的稿费只能减半了。

宋总还继续鼓励余杭，表示这个剧肯定也要上卫视，可以在编剧一栏中给他署名。

余杭无比激动，他觉得离梦想越来越近了，写剧本就更加卖力了，有时候甚至到凌晨才回，独留叶西湖一个人在家。

叶西湖一个人的时候，唯有美食可以解忧，那段时间她几乎吃遍了骆家庄的每一家小吃。有一次在奶茶店外面，她看到了两张熟悉的面孔。

其中一人也看到了叶西湖，叫了出来："嗨，那不是叶西湖吗？"

叶西湖露出微笑："富阳，林安，你们怎么在这里啊？"

第二十章　春风沉醉的沈富阳

沈富阳和林安推着婴儿车来骆家庄吃饭，小两口自从有了孩子，生活也有点乱，有时就到外面随便吃。他们就住在隔壁一个叫湖畔花园的小区。房子不是很大，七十多平方米，沈富阳家出的钱，林安生了孩子后没有再上班，做起了全职妈妈。

叶西湖见到老同学，倒是很高兴，见了他们的女儿，忍不住想要抱她。

林安把孩子递到叶西湖的怀里，叶西湖抱着孩子问："叫什么名字呀？"

"叫小美。美丽的美。"

"小美，小美，名字真好听啊，阿姨给你买礼物好不好呀？"

小美虽然只有几个月，对陌生人也不害怕，竟然还冲叶西湖露出笑容来。

林安说："西湖，大家都这么熟，买什么礼物啊。"

叶西湖说："你生了孩子后，我都没有来看过你，是我不好意思，这礼物一定得买，前面就有一家母婴店。”

沈富阳拉着两人：“今天大家好不容易碰着了，就找个安静的地方好好聚聚，礼物的事情就下回吧，下回你来我们家里玩，就在隔壁。”

叶西湖点点头说：“也好。不过今晚上我请你们。”

叶西湖带着沈富阳和林安去了旁边的一家茶馆，这里倒是很安静。沈富阳坐下来后就问：“余杭呢，你们怎么没有在一起？不会是已经……”

林安拍了一下沈富阳，沈富阳就没有说下去。

叶西湖说：“他在加班呢。”

沈富阳说：“给他发个信息，说我们几个在，让他也一起来。”

叶西湖点点头，给余杭发了条短信，片刻后余杭回过来：“还在和宋总一起讨论剧本，下次再聚。”

叶西湖给沈富阳和林安看了短信，摇摇头说：“自从他做了编剧，就白天黑夜地干活。”

林安说：“可以啊，我们同学里还要出大编剧了啊。”

沈富阳笑着说：“这个好，下次让余杭带我去认识一下女演员。嘿嘿。”

林安白了沈富阳一眼。

沈富阳还说：“西湖，你可得把余杭看牢啊，进了娱乐圈，人就会变得复杂了。”

叶西湖淡然一笑：“这点我对他放心。不说余杭了，说说你们吧，哎，沈富阳你不是考上了公务员吗？”

沈富阳就在等叶西湖问起他的情况。他和林安结婚后，就去考了公务员，而且笔试和面试都很顺利，考上后，被分配到杭州城西的蒋村街道办事处。

沈富阳说："好的是离家比较近，还能照顾到家庭。"

小婴儿开始闹腾了，林安站起来说："西湖，不好意思，有点晚了，我们得回去了，有时间再聚。"

"好的，好的，下次我过来找你们。"

一家三口离开了茶馆，叶西湖也向家走去，已经是暖春了，风吹在脸上觉得蛮舒服的。

这确实是一个春风沉醉的夜晚，不过在这座城里，也是几家欢乐几家愁。

沈富阳在大学同学中算最好的，家庭和事业都有了，在单位里和同级相处得很融洽，也能得到领导的认可。他就沉醉在这样的春风里，有些洋洋得意。

那次和叶西湖在骆家庄偶遇后不久，沈富阳得到了升职的通知，调到街道的计划生育办公室，做计生办的副主任。

领导说："小沈啊，你这人很亲和，适合和妇女同胞打交道。"

沈富阳说："可是，我不懂计生工作啊。"

领导说："嗨，不懂可以学嘛，你就放心去吧。"

计生办里，大部分工作人员是四十岁以上的妇女，沈富阳是年纪最轻的，确实受到了阿姨们的欢迎，要是他还没有结婚生子，估计让他去相亲的阿姨们得排成队。

沈富阳沉醉在春风里不能自拔，生活没有压力，体重以每年十斤的速度增长。

年轻人就是这样，如果是自己要的，就会拼命去争取，一心追逐着心中的梦想，余杭一直在追梦，再苦再累，还是向着心中的梦想努力奔跑着。

第二十一章　我是“横漂”

春去夏来,《杨贵妃》剧本也已经过半,永策影视的发展势头很旺盛,成为杭州市十大新兴文创企业,搬进了环境美好的西溪创意园。余杭分到了单独办公室。

宋城给余杭一个单独的办公室附带了要求，想让他加班加得更加晚一点,因为他已经决定《杨贵妃》在九月份开机。

宋城开会时总会说一句话:“我每天就睡三个小时，像你们这些年轻人,睡个两小时就行了。”

余杭觉得宋城这话就是在对他说，一天至少用二十个小时来进行剧本创作,吃喝拉撒睡最好都是在办公室里。

宋城成功地把余杭培养成了听话的好员工，他对余杭说:“你读十年大学,还不如跟着我一年。”

余杭觉得很有道理,工作后所学到的东西,真的是过去十年都无法学到的。宋城不仅在精神层面上鼓励了余杭,在物质上也对他施以小恩小惠。那段时间里,余杭死心塌地跟着宋城,没日没夜地写着剧本。

换叶西湖的话说:“你已经和剧本融合在一起了。”

叶西湖说的当然是气话。

余杭还不识趣地说:“我要是真和剧本融合在一起，那就说明我成功了。”

“你就和剧本处朋友去吧。”

叶西湖和余杭冷战。

余杭发她信息也不回。但只要余杭回到家,向叶西湖说两句讨好的话,叶西湖的心又软了。

余杭想,确实是自己不好,他已经好久没有陪叶西湖,他总是想忙好了这一阵子,就好好陪女朋友,甚至去见叶西湖的爸妈。但一直忙,他自己也不知道哪天是个头。

八月,杭州最炎热的一个月,《杨贵妃》就在这时建组了,一般别的剧组至少得筹备两三个月，永策影视的剧组只需要一个月的筹备期,而且这个时候,剧本往往还没有完成。

不过宋城最牛的地方就在于，这样匆忙依然可以把电视剧卖得很好。

九月,横店影视城热得像个火炉,电视剧《杨贵妃》就在这样一个火热的时间里火热地开机了，余杭和汪老师一同跟着宋城到了剧组。开机仪式上,宋城隆重地介绍了汪庄,说他是国内最有名的一线编剧,顺带着把余杭也推了出来,宋城说:“这是我们公司签约的青年编剧余杭，我相信，在不久的将来，他会成为一名金牌编剧。”下面响起一阵掌声。

余杭站在宋城的身边，浑身发烫，他似乎真的看到自己成为一名金牌编剧。

宋城确实很会笼络人心，开机宴会快结束的时候，他邀请汪老师在剧组住几天。汪老师也是个老江湖，听出了宋总的意思，他说自己的身体不好，最近血压又上去了，要回杭州去医院检查。

宋城知道无法控制住汪老师，转而对余杭说："余杭啊，这个戏的剧本量还不够，你最近就留在剧组里吧。"

宋城这话不带商量语气，这时候的余杭刚好也被"金牌编剧"梦冲晕了头脑，沉浸在遥远的梦想里。他随即点头说："好的，宋总。"

余杭没想到，在剧组里加戏，一加就是两个月，加了二十集的量。这一回宋总也没有叫汪老师去修改，催促着余杭加快速度。

余杭其实是个快枪手，状态好的时候，一天可以写一万两千字，相当于一集剧本的量，不过宋总的要求是，永策影视的剧本字数必须达到两万字以上一集，往往三十集的剧本，到最后剪辑出来就有五十集了。

在剧组的日子特别寂寞，余杭白天在酒店拼命码字写剧本，有时候就是为了可以晚上出去喝两口，排解寂寞。

余杭也是在这个时候认识了一些演员，和他年纪差不多，基本都很聊得来，他发现这些演员对他其实很尊重，至少很友善。有个浙江话剧团的中年演员，在《杨贵妃》里饰演安禄山，角色是反面的，但是人很正气。

剧组里都是以"老师"相称，余杭叫他"杨老师"，"安禄山"叫他

“余老师”。

杨老师喝了酒就拉着余杭说:“余老师啊,你是编剧,编剧就应该更加贴近戏。”

“谢谢杨老师指教,那我应该怎么更加贴近戏?”

“去演个角色啊。”

“当群演啊,这个我不行。”

“什么群演?你编剧老师上马,必须是大特约。我过会儿回去,就和演员副导演说。”

余杭只当他是醉话,不料第二天他还在睡梦中的时候,就有人来敲门。

演员副导演站在门口说:“余老师您好,听说您也想在我们戏里演个角色?”

余杭愣了一下,说:“啊?没有没有。”

“杨老师都和我说了,您看您喜欢演哪个角色?这些都是我们要找的大特约。”演员副导演把一份名单给他。

“我真的不会演。”

“您就不要谦虚了,剧本都是您写的,或者您给自己写一个角色。”

“我再考虑考虑。”

余杭其实对演戏没有什么兴趣,但是转念一想,体验一下也未尝不可,或许真像杨老师说的那样,可以更加贴近戏,对写剧本也有帮助。余杭给自己选了一个唐代的五品游击将军,只有三句台词,刚好也是和杨老师的对手戏。毕竟和熟悉的人演戏,心里稍微可以放松,不至于那么紧张。

第一次演戏,余杭跟着一班特约、群演一起出工,本以为个把小时就可以回宾馆赶剧本,不料在片场一等就是大半天,中午吃盒饭的时候,杨老师把余杭叫过来,一起吃他的小灶饭,比群演特约们多两个单独炒出来的荤菜。

杨老师在剧组里,也就这一点待遇和别人有区别,他已经是"老横店"了,从横店有剧组开始,他就来这里当演员了,还和谢晋大师有过合作。

余杭后来重看谢晋导演的《鸦片战争》时,还真发现了杨老师的影子,不过和他演的这个唐代游击将军一样,只有三句台词。

杨老师对余杭说:"演戏第一条就是要自然,生活中是什么样的状态,就用什么样的状态去演,千万不要紧张,记住了吗?"

余杭点头说:"不紧张。"

下午两点半,终于轮到余杭上场,一面对镜头,余杭还是特别紧张,虽然是他自己写的台词,但说出来就是很艰难。

一条没有过,两条没有过,三条没有过,到五条的时候,余杭竟然连第一句台词都忘了。

杨老师拼命提醒余杭,并让他放松。

导演没有认出是余杭,开始发火:"演员副导,怎么回事,赶紧换人。"

演员副导演连忙跑过来说:"苏导不好意思,是编剧老师来客串个角色。"

苏导冷冷地说了句:"是编剧来演戏啊,好,那让他再演一下。"

苏导知道余杭是永策影视的人,不能不给宋城面子,只能催促着赶紧把这场戏过了。

余杭拍好了戏,深深地吐出一口气,心里暗暗发誓这辈子再也不演戏了。他看了一眼苏导,苏导没有正眼看他,而是继续拍接下去的戏。

经历过就是好的,余杭明白了做演员其实是挺不容易的,他在横店影视城的秦王宫逛了一圈,演员们从他身边经过,大部分是群众演员,一天下来可能上场的时间也就那么十几分钟,但是得等十个小时。在横店,到处都是群众演员,想要出名是不可能的,但他们还是为了梦想来当演员。

余杭想想,自己还是比较幸福的,作为一名编剧,不用风吹日晒每天来候场,他至少可以在房间里,二十四小时开着空调,困了往床上一躺。虽然他和他们一样,是“横漂”中的一员,对,那个时候,余杭就觉得自己也是一名“横漂”。

他站在高高的城楼上,突然很想念叶西湖,给她打电话。

叶西湖很快接了起来。

余杭本想诉说想念,但话到嘴边的时候改成了:“店里忙不忙?”

“还好,这几天生意很一般。”

“我这边估计还需要待一段时间。”

“没事,你就安心在剧组待着,我已经习惯了。”

“我会尽快回来的。”

“真没事。”

“西湖,我现在都觉得我是‘横漂’了。”

“噢。”

“我今天去演戏了。”余杭想勾起叶西湖聊天的兴趣。

“挺好啊。”

叶西湖对剧组的事情不感兴趣,后来她觉得自己对余杭也不够关心,其实那个时候余杭在剧组很孤独。

但是谁不孤独呢?叶西湖的服装店生意也清淡,有时候两三天卖不出去一件衣服。让叶西湖更加没有想到的是,这种情况竟然持续了一年多,那时她对开店已经失去了兴趣,甚至对服装销售业也失去了兴趣。她觉得自己应该另谋生路。

第二十二章　冷战及和解

余杭从横店剧组回来后，几乎没有休息，因为宋城又让他写新剧了，不过没有《杨贵妃》这部剧这么赶，基本能够准时下班。他有时也会去舟山东路叶西湖的店里，不过生意冷清，两人也没有什么话可以聊，各自玩手机。在一起的时间长了，热恋也就变成了冷恋。

他们还是在舟山东路上吃夜宵，吃好夜宵再回去，回去还是各自玩手机，叶西湖已经放弃网店了，拿着手机追剧。

余杭看心里有点恼火，有意无意地说："手机比我好吗？"

"嗯。"叶西湖连头都没有抬起来。

"以前我在剧组的时候，你说我不陪你，现在我回来了，你又这样子。"

叶西湖瞪着余杭说："我怎样了？"

"我不想和你吵架。"余杭转过身去。

叶西湖的眼眶里有了泪水："你给我转过来。"

余杭没有转过去。

"你整天顾着自己,你有问过我的情况吗?"

"我不是忙嘛。"

"这不是理由。"

这确实不是理由,两个人在一起久了,就像是左手牵右手,需要温暖的时候合在一起,不需要的时候,谁也不会黏着谁。

余杭的心里爱着叶西湖,就算是剧组里有花花世界,他的心永远在西湖的身上,不可能去喜欢别的女孩子,但他又觉得不能总轻易向女朋友低头认错。

冷战。随后便是冷战,差不多三天的冷战。两人虽然在同一个屋檐下生活,也不说话,各自吃饭,各自睡觉,各自上班工作。

那段时间里,叶西湖也没有去进货,因为店里实在囤积了太多衣服,这是件非常要命的事情,她开始打折处理过时的服装,试图拯救她的实体店。圆圆已另谋生路,回老家去结婚。

叶西湖瞪大眼睛不敢相信地说:"圆圆,你要结婚了?我都没有发现你在谈恋爱。"

圆圆笑了笑说:"我们是亲戚介绍认识的,在老家那边,所以我可能就回老家去了。"

叶西湖的心里一阵黯然,但还是拉着圆圆的手说:"恭喜你,我一定会来的,给你包个大红包。"

圆圆抱着叶西湖,带着哭腔说:"谢谢学姐,你也要抓紧哦。"

叶西湖心里一紧,什么都没有说。

那天叶西湖回去的时候,余杭已经下班,坐在电脑桌前,非常专注的样子。叶西湖本来以为还要冷战下去,虽然她心里早已不再生气。不料余杭转过来说:“吃了吗?要不要去吃麻辣烫?”

叶西湖连连点头:“嗯嗯。”

出门的时候,余杭牵住了叶西湖的手,叶西湖也紧紧地握着,生怕余杭被谁给抢走。

秋去冬来,杭州的冬天冷得简直不像话,阴冷阴冷的,连空气中都带着湿湿的冰冰的能钻进人骨头里的小刀子。一碗麻辣烫往往可以暖和人心。

叶西湖和余杭其实都是在那里憋着,看谁先投降,现在算是余杭投降了,叶西湖胜利了。但她没有胜利者的骄傲,她只是想以后不要再发生这种事情,两个相爱的人在一起,可以平淡,但不能冷战。冷战就如这鬼天气一样,让人生厌,让人很想逃离,逃离便是离去,离去便会成为再见。

麻辣烫端上来后,叶西湖把自己碗里的牛肉夹给了余杭,余杭却说:“你自己吃吧,我得减肥了。”

“哼,你是得减肥了,你看看你在剧组都胖成什么样子了。”叶西湖说。

余杭要把牛肉夹回去,但叶西湖又说:“我就喜欢你胖胖的样子,像叮当猫一样,可爱,喜气。”

“好好,我很可爱,很喜气,你喜欢就好。”余杭说着就开始大口吃肉。

吃着说着笑着,和解了,所有的忧虑都忘掉了。

叶西湖心满意足,但是一想到舟山东路的那家服装店,又烦恼起来。

“怎么了？还没有吃饱吗？”

“吃饱了。”叶西湖决定把自己的困境告诉男朋友，“余杭，我的那家店开不下去了。”

两人走在热闹的骆家庄，叶西湖的脚步突然停住了。

“西湖，我知道我对你的关心不够，也知道你一个女孩子独自开一家店不容易。你放心，等我再努力两年，一定让你过上好日子。”

“你的意思是你养我吗？”

“是啊，我养你，等我成大编剧了，就可以赚很多稿费，这样你就不用工作了。”余杭信誓旦旦地说。

“嗯，余杭同学，你很有出息，我相信你会成为大编剧的，不过我现在还是想自己努力。”

“那你有什么打算？”

“再看看吧，实在不行的话，只能关门了，不然又要垫进去两年的房租。我手头上也就那么点钱了。”

“从我这里拿些钱吧，看看你的店还能不能起死回生。”余杭握住了叶西湖的手，想给她一些暖意。

“你的钱不能动，你不说要给我买房吗？这笔钱我们得存着。”

余杭不想让女朋友难过，还想再说些什么安慰她。

“好了，别的事情，我自己来想办法。”叶西湖是个坚强的女孩，自始至终都是。无论遇到什么困难，她都是自己扛着，她不去麻烦人家，如果能一个人扛下来，就坚持下去，如果不能扛下来，就接受现实，另谋出路。

第二十三章　坚持梦想，接受现实

叶西湖在舟山东路的服装实体店是在春天来临的时候关门的，都说冬天来了，春天还会远吗，但是春天真来了，又能如何呢？

早先的时候，叶西湖已经把所有服装做清仓处理了，以前看到别人清仓的时候，自己没有怜悯之心，现在轮到自己了，她觉得别人也不会怜悯她的。

残酷的现实让叶西湖有些措手不及，她本以为自己毕竟自主创业过，总要比那些刚毕业的应届生强一些，但她去应聘的时候，发现根本不是这么一回事。

她学的是国际电子商务，听上去很牛，可是读的大学很一般，和她竞争同一岗位的，是名牌大学毕业的。

真是高不成低不就，对叶西湖来说，是很要命的事情。

连着应聘了三家公司，叶西湖都没有被录用。杭州的天空雾蒙蒙，叶西湖脑子里也是如此苍白，她在心里对自己说："西湖啊，你不会是被社会给淘汰了吧？"

叶西湖从来没有对命运屈服过，不就是没有公司录取她嘛，面试三家公司不行，那就面试五家，面试十家，总能找到投缘的。

余杭也宽慰说："我女朋友能力这么强，没有录取你，那是他们有眼不识泰山。"

叶西湖闲了一个月多，心里实在是焦虑，五月份后，杭州一天比一天热，找工作的也越来越多，人才市场简直要被挤爆。

叶西湖找工作的信心差不多已经被消磨完了，她凭着最后一口气，一天面试两三家公司。

阳光暖暖地晒在叶西湖的身上，下午三点还有一场面试，是一家化妆品公司一个销售职位。

叶西湖是坐公交车去的，最近没有工作，出门都很节约，以前打车，现在都是坐公交。她两点半就到了那家公司的楼下，抬头望了一眼这栋商务大楼，杭州黄龙商圈最高档的写字楼。叶西湖有些胆怯。

来面试的人很多，大部分都穿着职业装，叶西湖看着自己一身运动装，心想这次估计是白来了，人家肯定不会要她的。

轮到叶西湖的时候，她反而很平静很自然。

三个面试官，她简洁明了地介绍自己，也说了自己的创业经历。没想到其中一个面试官竟然还知道她："你就是那个之前在网上很火的女孩？"

"都是过去的事了，也谈不上很火，不过我确实是最早开网店的那一批。"

面试官记录了叶西湖的一些情况，就让她回去等通知了。

《杨贵妃》终于要开播了，余杭已经兴奋了好几天，这是他正式编剧的第一部作品，他的名字将会出现在电视剧的片头。这部剧在卫视播出，影响力是可想而知的。

他觉得离自己的梦想越来越近了，虽然目前来说他不可能成为金牌编剧，但至少会有人知道一个叫“余杭”的编剧了。开播前一天，宋城来到余杭的办公室，还给他带了一罐茶叶，明前龙井。余杭很感激地说：“谢谢宋总，您找我有事？”

“顺道路过，写得怎么样？”

“还顺利。”

“有个事和你说一下，《杨贵妃》不是要在卫视播了吗？”

“是的，是要给哪些演员做宣传吗？”

“演员就不用做宣传了，都挺大牌，媒体会追着我们要稿子。”

“确实有媒体已经在联系我了。”

“是这样的，关于这个编剧署名啊，因为老汪同志基本上都是独立署名的……”

余杭心里一阵紧张。

“这次《杨贵妃》的剧本呢，也算是他手把手教你。”

“是，汪老师确实教了我很多。”

“所以啊，这次就让老汪署名，你呢，可以署个文学统筹或者文学编辑，你自己决定。”

“宋总……”

“后期应该差不多弄好了，噢，这个茶叶挺不错的。”宋城说完，转身便离开了。余杭站在那里，久久没有坐下来，他想自己写的剧本，虽然汪老师给他做了修改，但是怎么署名却只有汪老师一人。

余杭感到很委屈，自己辛苦了这么长时间，到头来胜利的果实却被别人给摘走了。他没有把这事告诉叶西湖，也没有和父母说，他之前把播出时间告诉他们了，也说了这是他写的剧本。余杭的父亲高兴极了，兴奋得晚上睡不着觉。现在电视剧终于要开播了，但是编剧署名中没有他的名字。

他不知道怎么去解释，突然觉得自己是个骗子。

《杨贵妃》如期开播，余杭不敢去看。叶西湖发现了余杭反常的举动，余杭只能如实相告。

叶西湖听了，带着打抱不平的口气说："这个老宋，真是个奸商，太卑鄙了。他就会欺负你这样的老实人，应该去找他理论。"

余杭抬头看着女朋友说："不过他也给了我练笔的机会。"

"不管他，反正这部剧就是你余杭写的，你也要沉住气，君子报仇十年不晚，先把本事练好了，以后自己出来单干。"叶西湖鼓励着余杭。

余杭点点头，没有说话。

"好了，我们还是看剧吧，在我心里你永远是最棒的。"

余杭本想要跳过片头，但叶西湖说把片头也看看。编剧署了汪庄和宋城，余杭的名字署在文学统筹栏里。

叶西湖面带微笑地说："文学统筹也不错啊，还在片头呢，知道你的人，肯定也知道这部剧是你创作的，都会说老宋不道德。"

《杨贵妃》获得当年全国电视剧收视率第一名，还获了大剧盛典最佳编剧奖，当然去领奖的不是余杭，宋城本人去的，娴林还获了最佳女配角奖，他们两人是一同去的。

此后《杨贵妃》又在各大卫视播出，宋城赚了个盆满钵满，永策影视一跃成为国内前五名的影视公司。至于余杭的稿费，宋城后来也没有提起。

就在余杭心冷的时候，宋城让他加油干，明年让余杭成为永策影视的签约编剧，给他三十万元一年的年薪。余杭那时拿的月薪是七千元，永策影视的副总年薪也就二十万元。余杭内心无比激动，又连连感谢，把不署名的事情又抛到了脑后。

有时候接受现实，比坚持梦想要容易，毕竟现实是赤裸裸的，梦想是虚无缥缈的。

第二十四章　销售员背后的辛酸史

叶西湖也开始接受现实,那家化妆品公司竟然要她了,虽然底薪只有三千元,但是只要干得好,提成也是很可观的。叶西湖成为一名化妆品销售员，每天穿着职业装，行走于杭州最高端的办公楼，也奔跑于各个商场的专柜，和各色各样的化妆品采购商打交道。

那个时候,丽蒂化妆品刚面市,几乎没有人知道这个品牌,公司员工们都觉得丽蒂属于中低端的品牌，不明白这样的公司为何要在这么高端的商务楼里办公,可能老板好面子吧,也可能是想要吸引一些大客户。叶西湖刚入职的两个月,几乎没有什么业绩,销售总监隔三岔五把她骂得狗血淋头。

销售总监姓陈，据说还是丽蒂大老板从别的大品牌化妆品公司高薪挖过来的,所以谁也不敢得罪他,他也总摆出一副耀武扬威的样子。叶西湖刚入职的时候,就听前辈说,要当心这个陈总监,当时叶西湖也没有放在心上。

一天临下班的时候，陈总监把叶西湖叫到了办公室，打量着叶西湖，盯着她穿着丝袜的大腿。叶西湖有些不舒服，问："总监，您叫我有什么事吗？"

陈总监回过神来说："噢，是这样，今天晚上有个饭局，上海来的几个大客户一起吃饭，你跟我一起去，学习一下，不然你真的得被开除了。"

叶西湖知道自己的销售能力确实不行，应该学习，一口答应说："谢谢总监关照。"她去洗手间补了个妆，下班的时候坐着陈总监的车去吃饭。

陈总监在车上就不老实了，假装不经意碰了一下叶西湖的大腿。叶西湖往旁边挪了一下。

"小叶啊，打扮得很漂亮嘛。"陈总监笑嘻嘻地说。

"补了一下妆。"叶西湖尴尬地笑了一下。

说是饭局，其实是个酒局，一上来就打开了一箱酒，众人都快把陈总监吹捧上天，还一个劲夸赞陈总监的女助理长得真漂亮。

叶西湖知道这是恭维的话，陈总监让她向客户们一个个敬酒。叶西湖本来不想喝酒，但是领导发话，加上自己业绩不行，只能硬着头皮，一轮下来，她脑袋晕乎乎的。

陈总监又给叶西湖倒上了酒。叶西湖说："总监，我真的不能再喝了。"

陈总监却不依不饶："我知道你酒量好的，来来来，再喝一壶。"

那天叶西湖不知道自己喝了多少酒。饭局结束后，陈总监又带着大家去唱歌，叶西湖推辞说："我喝多了，得先回家……"

叶西湖的话还没有说完，就被人推进了车子，陈总监坐在旁边，握着叶西湖的手说："没事的，就去唱个歌而已。"

叶西湖难受得话都说不出来。很快就到了附近的歌厅。刚坐下来，陈总监的手已经放在叶西湖的腿上。

又上来很多啤酒和洋酒，上海客户已经唱开了，陈总监说要和叶西湖一起合唱一首。

叶西湖看了一眼手机，已经晚上十一点多，余杭发来了两条短信，她回了信息，说自己在加班，又加了一句话，说和同事们出来吃夜宵，吃好夜宵就打车回来。

陈总监问："给谁发信息呢？来来，喝酒，我敬你，小叶啊，你最近得加油干。"

他们点的歌也开始了，是一首很土的老歌，陈总监硬是拉着叶西湖唱，叶西湖只能配合。一曲唱完，上海的客户们叫着："唱歌的喝酒，唱歌的喝酒。"

叶西湖无奈地又喝了一杯啤酒，她感觉自己就快吐出来，想到外面去，趁机溜走，陈总监却一把搂住了她。

叶西湖想要挣脱开，但是陈总监的力气很大，客户在那里起哄说："你们看看老陈同志，我们就说吧，这是他的情人，还不承认，亲一个。"

陈总监真的在她脸上亲了一口，叶西湖一阵恶心，把刚才喝的酒吐在了地上，她连忙跑向卫生间，又是一阵呕吐。

叶西湖刚从卫生间出来，陈总监已经等在门口，拉着她还要去喝酒。叶西湖狠狠地推开了他，说："我要回去了。"

陈总监死皮赖脸地说:“再玩一会儿。”

“不,你自己的客户自己照顾好,我先走了。”叶西湖斩钉截铁地说,随后转身下楼,把陈总监一个人晾在那里。

叶西湖一步都没有停下来,冲到门口。跑到马路上打车的时候,下起了毛毛细雨,叶西湖抬头看着天,让雨水把她淋得更清醒一些。

回到家,余杭还没有睡,躺在床上看书,他开口就问:“和同事吃夜宵,到这么晚啊?”

叶西湖没有说话,她觉得自己一说话还会吐。

“怎么一身的酒气?”余杭又问。

“喝了一点酒。”叶西湖背对着余杭说。

“以后少喝一点。”余杭起身为她倒了一杯温水。

叶西湖拿着水,心里很感动,轻轻地抱了一下余杭,还是自己的男朋友最好。

余杭拍了拍叶西湖的背说:“洗洗,早点睡吧。”

第二十五章　绝处逢生

第二天上班，叶西湖正在和客户打电话，陈总监走到了她身边，这次他没有色眯眯地看叶西湖，而是装着一本正经的样子说："小叶啊，你的业绩实在是太差了，是在白白拿我们公司的底薪。"

"对不起，陈总监，我会努力的。"

"叫你唱个歌，你还逃走了，客户很不开心。你知道让我们销售部损失了多少业绩吗？要是老板知道这事，你就立马滚蛋。"

"我……"叶西湖强忍住了眼眶中的泪水。

"这次只是警告，要是这个月再做不出业绩来，你自己辞职。"陈总监恶狠狠地说。

叶西湖咬着嘴唇说："好。"

旁边同事们都用异样的眼光看着叶西湖，叶西湖没有去看他们，而是继续低头做事。

叶西湖心里也很是过意不去，一心想要把业绩冲上去，俗话说，干一行爱一行，她其实挺喜欢这里，无奈碰上了这样一个销售总监。叶西湖想从源头上了解丽蒂的产品，这样和客户介绍的时候，也不至于太虚。

她主动申请到丽蒂的生产工厂去看一看。在销售员中，叶西湖是第一个亲自下厂的。叶西湖不知道，就在她和工厂里的生产工作人员聊天的时候，公司大老板周总也在一旁。

周总叫周家村，是一个温州商人，五十多岁在做丽蒂产品前是一名中学老师，温文尔雅，为人也很亲善，不认识他的人肯定不会把他当成大老板。他注意到了叶西湖，但不动声色，只是在一旁默默观察。

叶西湖拿着新款的产品，亲自试用："我觉得这款面霜的香味有点浓，因为用我们丽蒂产品的，大部分是年轻人，如果是我，更喜欢气味淡一点的，这样反而显出这款产品的高雅。"

生产人员似乎不喜欢叶西湖这样直白地提意见，说："这可是韩国人研发的，他们肯定比你更懂。"

叶西湖说："韩国人做化妆品现在虽然比我们先进，但他们不一定懂我们中国人的品位。"

生产人员说："就算你的品位是对的，我们也没法改变。"

叶西湖知道自己只是一个普通的销售员，她和这里的生产人员一样，无法接触到高层。但让她没有想到的是，一个月后，她使用过的那款面霜竟然做了调整，气味淡了很多，很适合年轻人。

叶西湖知道，要想进入大商场的专柜，对于丽蒂来说，目前还有些困难，她就去跑小型的商场，甚至是郊区的一些化妆品专卖店。

叶西湖跑到临平，那里的外来务工者特别多，镇上也没有什么大型商场，年轻女孩们基本在超市里买化妆品。她先和那些超市导购员聊天，送她们一些试用品，导购员给她介绍了超市的老板。

超市老板说："你这个小姑娘很厉害嘛，不过你们这个品牌我都没有听说过。"

"丽蒂的产品在我们浙江省还是有点名气的，原料是进口的，和国外的产品相比，价格低一半，很适合年轻人用。我可以保证，每一款产品，我都自己使用过，效果和那些日本、韩国的产品一模一样。如果卖不出去，你们可以全部退回，运费由我们来承担。"叶西湖一口气说完，她在介绍丽蒂产品的时候很直白，但是对这些市郊超市小老板就应该这样直白。

"那要不你先留一些产品在这里卖卖看？"超市老板被打动了。

叶西湖连连感谢："谢谢老板，谢谢。"

连叶西湖自己也没有想到，就是在杭州郊区的超市里，他们的产品就这样"卖卖看"，竟然卖断货。

那个月，叶西湖成为月度销售冠军，但成绩是算在陈总监头上的。

叶西湖觉得无所谓，她不满足小荣誉，她认为这种成功的模式是可以复制的。叶西湖跑到了诸暨、海宁以及杭州周边的一些县、市，把货都铺开了，和这些客户保持了良好的关系。

陈总监又把叶西湖叫到了办公室，还给她倒了一杯茶："小叶啊，最近的业绩都很不错嘛，你看看晚上有没有时间，为你庆祝一下。"

“谢谢总监,不用了,晚上我还得和男朋友一起吃饭。”

“哟,你男朋友可真幸福啊,有你这样一个女朋友。”陈总监话里有话。

“当然。陈总监找我不只是为了说这个吧?”

“我还真是想为你庆贺一下,你已经是连续两个月的销售冠军了,看来年度冠军也非你莫属。”

“我只是做好我自己的工作。”

“你的这些客户呢,我也有他们的联系方式……”

“他们的联系方式很多销售员都有。对了,陈总监,猎头公司给我打电话,让我去另一个公司。”

“你厉害了。”

“当然,这个事情我已经和人事总监说了。,也递交了辞职申请。”叶西湖语气平静地说。

陈总监瞪着叶西湖说:“你真要离开啊?好,翅膀硬了,可以飞走了。”

叶西湖笑了笑,又说道:“不过人事总监在挽留我,也把我的销售业绩报告给了周总。”

“你……”陈总监没有想到眼前这个小丫头会来这么一招。

叶西湖转身离开,像上次一样把他晾在了那里,不过这一次她很潇洒,因为她赢了。

确实,叶西湖赢了,她不但没有离开,而且被升为销售部副总监。

那一年,年度的销售冠军也是叶西湖。年会的时候,周家村亲自给她颁奖，和叶西湖握手的时候说："西湖啊，你很厉害，我当时没有看错你。"

"什么？周总……"

周家村笑了笑说："其实我早就认识你了，就在你下厂的时候。"

叶西湖似乎有点想起来了，她没有想到周总能把她一个小小销售员的意见听进去："周总不好意思，我只是说出了我心里的想法。"

"唔，就是要多提意见嘛，不然我也不了解企业的真实情况，这样公司不就要倒闭了。这样，以后你有什么想法，可以直接到我办公室来聊。"周家村很和善地说。

"谢谢您，周总。"叶西湖眉开眼笑。

陈总监在下面看着叶西湖和周总聊天，嫉妒得咬牙切齿，但也无可奈何，只能默默地在心里念着："总有一天，得搞死你这个小丫头。"

周家村虽然也有几千万元的资产，但他不配秘书，也没有助理。他倒是觉得叶西湖挺不错，有意栽培她。有一家财团来找公司合作，周总把叶西湖带在身边，财团副总用的都是国外高档的化妆品，故意表示丽蒂的产品不够档次。

叶西湖当然容不得别人来诋毁丽蒂的产品，但是又不能把话说得太绝，所以她面带微笑地说："赵总，其实我一直在用我们自己家的产品，您觉得我的皮肤怎么样？"

"叶小姐是天生丽质啊。这和用不用你们的产品没有多大关系吧？”

叶西湖从包里拿出一款产品来，说道：“不，我觉得我们的产品，就是有它的独特性。都说女人如水，就拿这款产品来说，根据补水科技，采用法国研发的小球藻精华，配合海洋深层水及三色堇等成分，深层激活肌肤，加速肌肤内部的水分传送，赋予肌肤满满的水感能量，随时享受来自海洋的深度水润呵护。”

周总在一旁，没有想到叶西湖对丽蒂研究得这么透彻。

她又说：“藻萃活能盈养液，蕴含多重海洋滋养臻萃、十七种氨基酸和三种维生素衍生物精华，将补水、活水、锁水的肌肤动力水循环演绎到极致。”

财团副总笑了笑说：“叶小姐说的这些东西，都是背下来的吧？”

叶西湖淡然一笑，说：“我会下到生产车间，亲自去体验我们自己生产的产品，了解它，熟悉它，把它当成自己的恋人，只有这样，才能让我们的消费者爱上丽蒂。”

财团副总微微点了一下头。周总对叶西湖更加信任了。

叶西湖开始在丽蒂化妆品公司里立足，她是销售部的副总监，可以直接和周总对接。公司的人都知道周总对叶西湖很信任，是在培养自己人，陈总监也意识到了这一点，对叶西湖表面上很客气，甚至说要向后辈学习，让她传授一些销售经验。

叶西湖打心底里厌恶陈总监，但毕竟是在一个公司里，要和平相处，她对陈总监说：“销售经验您应该比我多，应该是我向您学习才对。”

"哈哈哈，小叶啊，叶总，你真的是太谦虚了。"

"陈总，您要是没什么事，我得去忙了。"

"好好，你去忙吧。"

叶西湖转身走开，她走得很快，虎虎生风，高跟鞋踩在地上，发出了清脆的声音。她不想和这样的人多交流，她有她的傲气。

第二十六章　绝地反击

叶西湖其实已经在准备开拓新的优质大客户，她认为丽蒂化妆品要做大，只有杀入大型商场，成立高端专柜，才有可能被广大消费者认可，才能和国际上的大品牌去竞争。她把自己的想法写成了工作报告，交到了周总的手里。

周家村看过报告后，把叶西湖和财务总监、人事总监都叫到了会议室，说："西湖的这份报告我已经看过，而且看了三遍，虽然前期的投入会很大，但是我相信，对我们丽蒂公司的发展肯定是有帮助的。今天把你们叫来，就是让你们全力配合叶西湖。"

财务总监和人事总监道："是，周总。"

叶西湖很感动，站起来向周总保证："请周总放心，我一定不会辜负您的期望。"

此时的叶西湖已经成长为一位精干的白领，能够独当一面，有自己的主见，她和余杭过得平平淡淡。两人已经从骆家庄的小蜗居搬了出来，在西溪花园租了两室一厅，余杭有了自己的书房，可以独立创作,周末的时候还能一起做饭,日子倒也很温馨。

不过自从叶西湖当了销售副总监后,应酬就多了起来,她好胜心强烈,既然在周总面前立下了军令状,就必须完成任务,否则对自己都无法交代。她先给自己定了小目标,在一年之内,让丽蒂成为浙江省化妆品的第一品牌,进杭州高端商场。叶西湖瞄准了杭州大厦,她直接找到了杭州大厦的负责人谈判,希望在杭州大厦成立丽蒂专柜。

但没想到,负责人刘经理很直接地告诉叶西湖,他们接纳的都是国际品牌。

叶西湖还是想用对付超市老板的那招,先在杭州大厦成立专柜,租金可以多付一些,如果产品销路不好,他们可以撤出。

刘经理还是笑嘻嘻地说:“真不好意思,叶小姐,我们这里真的有规定,你自己也看到了我们这里没有设国产品牌专柜。”

“那我们丽蒂,刚好来填补这个空缺啊。”

“对你们来说是填补了空缺,但是对我们来说,会把别的品牌档次拉低。”刘经理开始不耐烦,说话也有点难听了。

叶西湖忍住了脾气,还是想以情动人:“刘经理,我也经常来逛杭州大厦,我看地下一层最里边还有一块空余的地方,那里空着就是浪费啊,不如就租给我们……”

刘经理笑了笑说:“叶小姐,真的不行,而且那边是消防通道。我还有事,你再喝会儿茶。”

叶西湖知道自己再说也没有用,回到公司,刚好在电梯口碰见周总。周总看见她的神情,笑了一下,问:“怎么,今天似乎有事?”

叶西湖如实地把自己在杭州大厦碰了一鼻子灰的事情告诉了周总。周总说:“也难为你一个女孩子单刀赴会了，不过不要气馁嘛。”

“我没有气馁,在回来的路上,我想了两个方案,本来想写成报告后向您汇报的,现在我简单和您说一下。我觉得别人不认可我们的品牌也是有原因的,我们确实名气不够,所以第一,我觉得应该请明星来代言,找国际明星代言,我们虽然是浙江省的产品,但必须要奔着成为国际品牌的目标而去。”

周总点头。

“第二,既然进不了杭州大厦,我们就去攻克印象城这类大型的商场,这两步,我们同时进行。”

“我觉得这两条都可以,你写成报告,下周开公司例会的时候在大会上讨论。”

“谢谢周总的信任。”叶西湖一直认为周总对她是有知遇之恩的,事实上也确实如此,丽蒂品牌在兴盛前,叶西湖向周总提的建议,周总差不多都全力支持。

公司的例会上,关于什么明星来代言,引起了激烈的争议,叶西湖提了两个人,一个国际影星,还有一个是当红小生。当然这两个人的广告费也是一个天价数字。

陈总监立即持反对意见，说:“现在丽蒂的产品就应该立足于中端客户,面对的消费者是城市里的工薪阶层,我们花大价钱请了这两位来代言,公司两三年的净利润都给他们了,我觉得叶副总监的这个提议不行。”

叶西湖早已做好被人反驳的准备，站起来说："确实，请大明星代言得花大价钱，但是哪个大品牌没有大明星代言呢？我们公司每年也有一大笔营销费用，难道这些钱只用在请客户喝酒、逛歌厅吗？"

陈总监恼怒地说："叶西湖，你……"

"我说得不对吗？"

陈总监愤怒地看着叶西湖。这时负责运营的副总说道："我觉得陈总监的话也挺对的，现在我们就应该踏踏实实，稳扎稳打在二三线城市里推广。叶总啊，你看看，别的品牌也没有请什么大明星来代言，但销售额就是高。"

叶西湖淡淡一笑，说："我们得有长远的，五年、十年的计划，用十年时间，把丽蒂打造成国际品牌，至少是国内一线的化妆品品牌。"

陈总监嘀咕了一句："异想天开。"

周家村坐在那里没有发表意见，他知道叶西湖完全是为了公司的发展在考虑，年轻人的胆子大，很多想法也有些不切实际，这样做确实可以把品牌做大，但是从资金上来说，也需要很大的投入。

这次的例会没有结果，叶西湖不甘心，又到了周总的办公室里，她信心十足地说："周总，我想赌一把，如果赌赢了，我们丽蒂就可以冲进一线化妆品的行列。"

"如果赌输了呢？"周总问。

"我辞职。"叶西湖说得很肯定。

周总也知道，如果赌输了，就算是叶西湖辞职，也不能挽回公司的损失，但是他觉得叶西湖立下了军令状，有这股拼搏精神在，就可以克服常人无法克服的困难。他应该给叶西湖这个机会。

叶西湖知道这是她在公司立足的最好机会，当然也有可能离开，所以成败在此一举。她只有拼尽全力去拿下章琳，因为当时叶西湖认为章琳是最适合代言她们品牌的。

叶西湖找到了章琳的经纪人，但是经纪人看了产品后，摇摇头说："我们不会代言的，你也知道，现在请章琳代言的品牌很多，我们也会进行严格的选择，你们这个品牌在国内没有影响力，如果代言了，会降低个人的格调。"

"我们虽然没有国际大品牌有名气，但是在白领中还是很受欢迎的，我们请章琳小姐代言，也是希望这些年轻人成为她的忠实粉丝，通过合作，达到共赢。"

经纪人看了叶西湖拿给她的合作意向书，代言费确实是笔不小的数目，她合上了意向书说："这样，我回去问问章琳本人的意见。"

叶西湖本以为签下章琳的希望很大，不料一周后，对方还是拒绝了。再打电话过去的时候，经纪人不再接电话。

叶西湖很沮丧，却不能在公司里显露自己的情绪，一旦被陈总监看穿，她又会成为被攻击的目标，只能和自己的男朋友述说忧愁。

余杭给她推荐了和永策影视合作过的几个女演员，但叶西湖觉得她们的知名度不够，与其请一个不是特别火的明星，还不如不用,她还是想要拿下当下最火的影视明星来做代言人。

叶西湖其实很喜欢一个小生韩伦，余杭说他可以帮她找到经纪公司。但她心里也没有底,韩伦来代言丽蒂,能不能让丽蒂这个品牌火起来。

余杭鼓励叶西湖说:“既然你自己觉得可以，就不要去顾及别人的眼光了。”

让叶西湖没有想到的是,韩伦经纪公司很热情,有浓厚的合作意向,双方很顺利地签了合作意向书。当然丽蒂内部的高管们都竭力反对,一是代言费实在太高,二是他们根本就不认识这个明星,包括周总,他心里也很忐忑。

一些大型商场看到韩伦代言了丽蒂，都愿意让丽蒂化妆品在他们那里设立专柜。

连叶西湖自己也没有想到,韩伦连着两部剧播出成为爆款剧,一部电影票房大卖,人气越加高了。丽蒂化妆品热销,几度卖断货。杭州大厦主动联系叶西湖,表示可以给丽蒂设立专柜。

叶西湖的绝地反击胜利了,周家村把她升为销售总监。陈总监自己卷铺盖走人了。

那段时光,是叶西湖和余杭两个人最顺风顺水的时候。

第二十七章　影视行业的鼎盛期

这两年余杭的产量很高，《杨贵妃》这部剧虽然没有署名，但是后面创作的剧，宋城开始给余杭署名。虽然余杭的名字总是放在后面，但对于余杭这样的年轻编剧来说，已经是很不错了。

余杭很庆幸自己当时选择了隐忍，没有一气之下离开宋城。永策影视保持着良好的发展势头，通过借壳，成功在主板上市。余杭虽然没有分到多少红利，但是宋城让他做了公司的副总，他成为永策影视最年轻的副总，分管艺术创作，不但管着宣传策划部门，几个编剧也归余杭管。当然余杭依然很谦虚，尤其是对汪庄这样的老编剧，从来都是尊敬。宋城可能也是看中余杭这一点，慢慢地开始放权，让他带编剧一起创作，虽然宋城还是要挂总编剧这个名头。

那时候网络作家开始兴起，一大批网络作家冒出来，他们也看到了写剧本赚钱，所以都往影视圈里钻。余杭带了两个网络作家一起写剧本。写剧本的技巧是可以学的，但是编故事的能力得靠天分。网络作家写作有个特点，写什么都天马行空，凭着自己的想象来，完全不顾以后导演能不能拍摄。

余杭在剧组待过一段时间，又跟了宋城这么久，对什么能拍什么不能拍还是比较了解的，他每写一部剧，都把这部剧当成自己的孩子一样，所以从构思到人物小传，再从大纲到剧本，每一步都兢兢业业。但是和他一起合作的网络作家不一样，他们追求速度，不管自己写出来的东西剧组能不能完成。

让余杭没有料到的是，宋城反而喜欢这些网络作家的风格，因为他们一天就可以完成一万多字，差不多是一天一集的量。

宋城教导余杭说："小余啊，你也不要不服气，人家写的就是比你快，现在做影视讲究效率，唯快不破。"

这个时候余杭已经年薪五十万元，新来的网络作家们和他一个待遇，宋城认为他手底下养着的这些作家编剧们必须超额完成任务，要对得起发给他们的这五十万元年薪。

永策影视上市后，有人给宋城的身价估值，有三十多亿，十辈子都吃不完、花不完了。但是宋城骨子里还是抠门的。

三十亿身价的宋城野心也更大了，他对余杭他们一批副总说："我们永策影视不仅仅要做浙江省最大的影视公司，也要努力成为全国最大，以后永策影视就不只是一家公司，而是一个集团，要有两个或是三五个上市公司。"

宋城要把永策影视做大，就必须疯狂拍戏，算上他自己已经有十位编剧，对外宣称是十大金牌编剧，余杭也有幸成为"金牌编剧"。宋城自信对影视行业了如指掌，公司投拍的电视剧都是他自己策划的，当然他自己不写剧本，所有电视剧他都是总编剧。

他不但要做总编剧，还要挂总导演，所以又招募了一批导演。当然这些导演基本是执行导演，宋城让他们做了正式导演，但是从艺术水平上来讲，他们还是欠缺的。宋城觉得无所谓，他认为永策影视无论拍摄什么电视剧，都可以卖给电视台，都能够赚大钱。

正是宋城的这种思维模式，给永策影视走下坡路埋下了祸根。这当然是后话。

永策影视刚上市的前两年，也是中国影视行业的鼎盛巅峰期，各路资金都来投资影视，宋城手头上的资金怎么用都用不光，所以他不但投拍影视剧，也疯狂地建造影视城，公司的戏全部在自己的影视城里拍摄。他想用横店影视城的模式，把永策集团做大，最多的一年竟然拍摄了十多部电视剧。余杭也疯狂写剧，一年中参与创作的剧本超过五部。

余杭的心也是从这个时候开始浮躁了，和那几个网络作家一起写剧本，写什么都可以直接发给剧组去拍摄，刚开始的时候，余杭心里还挺过意不去，觉得剧情会不合逻辑，但是慢慢地他也开始习惯，写好剧本后反而有自己的时间。

宋城不但控制编剧和导演，还控制着演员。永策影视上市后，宋城的钱多了，女人自然也多了，娴林跟了他这么多年，年纪也不小了，宋城身边开始有更加年轻漂亮的女子。

男人有钱就变坏，说的就是这么个事吧。余杭似乎还保持着艰苦朴素的风格，就算他已经是上市公司的副总，又是小有名气的编剧，但与身边的女孩子还是保持着距离，尤其是剧组的女演员。

叶西湖也对余杭挺放心的，认为自己的男朋友不会和女演员发生什么“绯闻”，有时候还开玩笑说：“余杭，你要是和哪个女演员有绯闻就好了，那你就火了。”

余杭瞪了叶西湖一眼，说：“我要靠自己的实力火起来，况且人家女演员也看不上我这么丑的人啊。”

“哟哟哟，余总，你太谦虚了啊。”

余杭心里依然只喜欢叶西湖，他想过年的时候，得带着她去见自己的父母了。叶西湖也在期待着这一天的到来，那个时候，她的梦想就是成为余杭的新娘。

第二十八章　谈婚论嫁时

女演员和余杭不可能发生什么，但公司里还是有未婚的女孩子喜欢余杭，而且是倒追余杭的那种，毕竟这是一个潜力股。喜欢余杭的女孩子叫夏洪园，洪园的气质很好，毕业于浙江大学，高材生，性格大大咧咧的，像个男孩子，她是永策影视上市后招进来的。

余杭怎么也不会想到夏洪园刚到他部门，就喜欢上了他。

夏洪园说："这可能就是一见钟情吧。"其实这话里是有水分的，夏洪园知道余杭是公司的副总，年薪又这么丰厚，而且为人很稳重。她之前交往过两个男朋友，和余杭一比较，当然是差了许多，她觉得这么好的男孩在她面前，为什么不去争取过来。

夏洪园问余杭："余总，你住在哪里？"

余杭愣了一下，没有感觉到夏洪园的套路，就说了。

夏洪园惊讶地说："好巧啊，我也准备去西溪花园看房子呢，现在住的地方离公司太远了。"

"是的,住得近,上班就方便。"

"那下班后你陪我去找房子吧。"夏洪园把一个红彤彤的苹果放在余杭的面前。

"好吧。"余杭无法推辞,只能应承。

那天下班后,夏洪园就冲进了余杭的办公室,叫他一起去看房子。两人肩并肩一同离开公司,一副亲密的模样,同事们看到他们在一起偷偷笑。余杭没有感觉到这种气氛,他压根就没有往那方面想。

到了西溪花园的小区后,夏洪园问余杭住在哪一栋。

"就是对面那栋。"

那我也在这栋楼找一下,以后大家好有个照应嘛。"

夏洪园看到有房出租,立即就给房主打了电话,房主也很快出现了,带着夏洪园和余杭去看房。

房主说:"我那个房子是单间,两人住在一起可能有点小。"

余杭连忙说:"我们不住一起,我陪她来看房。"

夏洪园笑着说:"对,我们不住在一起,不过以后也是邻居了。"

房有点小,是真的有点小,放了床和衣柜,就没有转身的位置了。

洪园问:"你们还有没有大一点的房?"

"都租出去了,其实这间也挺不错啊,你一个小姑娘住住,关键是房租很便宜。"

"实在是太小了,而且卫生间也是公用的,不太方便。"

余杭趁机说:"是的,一个女孩子住不方便,洪园,我们再去看看别的，这里出租房蛮多的。”

那天余杭带着夏洪园看了六处房子，最终找到满意的，离余杭住处也隔着一条马路，余杭想，这么远，夏洪园应该不会来打扰他。

夏洪园很感谢余杭，拉着他要请他吃饭。

两人就在西溪花园的大排档点了几个菜。那天叶西湖本来要加班的，但是身体有些不适，提早回来休息，想着楼下打包一些吃的，刚走到大排档，就看到余杭和夏洪园在吃饭，有说有笑。

余杭也看到了叶西湖，叫了声：“西湖……”

夏洪园问：“这是？”

余杭说：“我女朋友。”

夏洪园看着叶西湖，略带惊讶地说：“你女朋友啊？”

余杭没有回夏洪园的话，有点紧张地问叶西湖：“西湖，你吃了吗？”

叶西湖反而很平静：“刚想来打包。”

夏洪园笑着说：“那就一起吃点吧，今天借用了一下你男朋友，帮我找房子呢。”

余杭转身叫大排档老板：“老板，再加两个菜。”

这是叶西湖和夏洪园第一次照面。吃饭的时候，夏洪园问东问西，问叶西湖和余杭在一起多长时间了，又夸余杭这样的男朋友真的太好了，说叶西湖太幸运，找到了余杭。

和夏洪园告别后，余杭和叶西湖回去，余杭本以为叶西湖会生气吃醋，但是叶西湖什么话都没有说，打开电脑做报表，几乎和平时一样。

余杭心里松了口气，觉得是自己想多了。

叶西湖虽然在做报表，但心里总在胡思乱想些什么，她看到夏洪园的第一眼，就觉得她对余杭有点意思，尤其是那句“借用了一下你男朋友”，明显是带着暧昧的。女人的直觉是很准的。

叶西湖又觉得不应该去怀疑自己的男朋友，她相信余杭有这个定力，相信他们这么多年的爱情。

余杭在公司也开始有意无意避开夏洪园，但是在同一个部门，有时也很难回避。尤其是中午休息的时候，两三个同事聚在一起吃饭。其实余杭平时基本独来独往，吃饭的时候也喜欢一个人吃。

夏洪园来了后，就主动负责给大家点餐叫外卖，每一次外卖送来后，她都第一时间送到余杭面前，其他人就让他们自己去拿。

余杭也觉得挺不好意思的，对夏洪园说：“小夏，你真的不用给我点菜，平时都是我自己来点的。”

夏洪园说：“没事的，你刚好可以多码一会儿字。”

要说余杭对夏洪园没有感觉，那是假话，不过他的心里只装得下叶西湖一个人。那段时间，夏洪园下班就喜欢和余杭一同回西溪花园，在同事们看来，他们倒像一对情侣。

余杭和夏洪园一起回家，被叶西湖碰到过两次。叶西湖还是没有说什么，但余杭回到家，就和叶西湖说：“西湖，我也是没有办法，小夏她下班就喜欢跟着我。”

叶西湖看着余杭，假装很无所谓地说：“哈哈，那说明我男朋友有魅力啊。”

“你就不怕她和我在一起？”

“你以为自己真是个香馍馍？”

“西湖，你要是不喜欢，我直接和她说，让她离我远一点。”

“真没事，你要是这样说了，伤了人家小姑娘的心，也伤了同事之间的和气，多不好，我相信你的定力。”

“西湖，谢谢你这么多年来一直陪伴在我身边，我会让你过上好日子的。最近找个时间，我们去看房子。”

“看房子？”

“现在杭州的房价涨得快，我们得赶紧买一个，先把首付付了。”

“买房子，是不是得有结婚证？”

“好像是。那我们要结婚了，你愿意嫁给我吗，西湖？”

“好突然，说实话，我还没有想好呢。”

“难道你不想和我结婚？”

“想，但总觉得幸福来得好突然。现在我们公司也挺忙的，我这个销售总监最近压力挺大。”

叶西湖说得没错，这个销售总监不好干，似乎整个公司都盯着她的这个部门。丽蒂的产品杀入了大型商场，明星的广告效应也产生了，丽蒂已经在市场上立足，可是半年来，销售业绩没有更大的突破。

自从前面两次的成功后，又仗着周总对她的信任，叶西湖的野心变得更大了，她已经把丽蒂当成了自己的公司一样。

在公司的副总们看来，叶西湖这个女孩子野心太大，要把他们都压下去了。她既然能把自己的顶头上司挤对走，也能把他们挤对走。

周总也觉得叶西湖的锋芒太露，这样下去对她也不好，容易吃亏。他准备压一压这个他亲手带起来的女徒弟。

第二十九章　年轻人不宜太露锋芒

叶西湖后来反省自己时，觉得还是太年轻，姜还是老的辣，像她这样嫩的，就应该适时收敛，可惜那个时候她不懂，师父周家村教她时，她还不服气。

丽蒂的产品在市场上已经站稳了脚跟，在国内的名气也有了，可以说很大一部分功劳是叶西湖的。

又是一年开年会的时候，周家村把优秀员工奖颁发到叶西湖的手里，她已经连续三年拿到这样的荣誉，当然还有丰厚的奖金。这次年会在千岛湖的一座岛上举行，丽蒂公司包下了一个小岛。

到了晚上，各个部门开始狂欢，要说闹得最欢的，肯定是销售部门，晚餐后，他们就开始搞篝火晚会。叶西湖带着她的团队创下了优秀的业绩，她手下几个业务骨干年纪比她大，但都很服气她，因为自从叶西湖当了销售总监，他们的薪资也往上涨，已经是全公司里待遇最高的了。他们又开始喝酒，特别兴奋。两个业务骨干直接将白酒洒在篝火上，炫丽的火苗蹿起来，煞是好看。旁边几个副总看不惯了，其中一个副总到周家村那里告状，说销售部铺张浪费，完全不把公司的钱当钱。

周家村心里就有些不舒服，毕竟还是年会，他不好出面，只说："你去和他们说一下，让他们别这么折腾。"

副总说："好的，姐夫。"这个副总是周家村妻子的表弟。周家村其实不喜欢用亲戚，但他妻子硬塞进来，不过在公司还算老实，从创业之初就跟着周家村，从来没有给他惹过事。

销售部的人还在狂欢，副总过来，夺下了一个人手中的酒瓶，狠狠地说道："都别闹了，有你们这样浪费的吗？给我回去睡觉。"

销售部年轻人比较多，又都喝了酒，当场就有人怒骂："你以为你是谁啊？你不就是仗着是周总家的亲戚吗？你有什么本事来管我们，我们销售部的业绩都是靠自己打拼出来的，丽蒂也是靠我们销售部。"

立马有好几个大喊着："对，丽蒂就是靠我们销售部，你给我们滚蛋。"

副总气得涨红了脸，那个销售骨干想要夺回酒瓶，副总不给，反手打在他的头上，顿时流了血。众人见状，都冲上来打副总，把副总的肋骨打断了两根。

这是丽蒂公司最不愉快的一次年会，周家村的妻子要报警抓人，周家村认为家丑不可外扬，公司也一样，说他会把事情处理好。

周家村把叶西湖叫来，问："你当时都看到的，是谁打了人？"

"我不知道。"

“你不知道?你是想包庇吧?我告诉你,这几个人必须开除掉。”周家村的语气很是严厉。

叶西湖看着周家村:“周总,如果这几个人要开除,那我和他们一起走。”

“你是在威胁我?”

“我没有。您有想过吗?这几个都是销售骨干,我们能有今天的成绩,他们也是有功劳的,但是你的那个亲戚……”

“叶西湖,你知道你在和谁说话吗?”

后来事情的处理结果是,那个打伤副总的销售骨干赔偿了医药费,周家村让叶西湖私下给了他一笔钱,让他离开了公司。这次事件后,叶西湖和周家村的心里都有了一个结。

那一年,也是电商行业兴盛的一年。叶西湖提交了一份详细的报告,打开互联网销售渠道。

周家村拿到报告后,没有说话。叶西湖说:“周总,这份报告您一定要仔细看看,这是关系到我们能否成为行业领头羊的关键……”

“好了,我知道了。”周家村看了一眼报告的第一页。

叶西湖以为自己的销售思路会再度被周家村认可和推行,但是她送上去的报告压了半个月,周家村都没有提起。在公司例会上,叶西湖主动出击,展示了互联网销售模式的前景。

不料周家村很恼火地说:“叶西湖,这个方案我们董事会还没有开会讨论,你怎么在例会上展示了出来?你到底什么意思?”

“周总,时间不等人,我们只有抢占先机,才不会被淘汰,而且现在互联网的销售额已经快要赶超实体店的销售额，根据我自己开网店的经验，我们必须拓宽电商这块市场。”

两人各自据理力争，当然周家村是老板，叶西湖只是一个打工者，就算她说得对，她也不能去强制执行。

那段时间里，叶西湖的脾气很暴躁，余杭想要讨好她，让她开心一些，说：“你也不要和你们周总一般见识了，公司好坏都是他的，你就不要操心了，自己赚点钱就行。”

叶西湖严厉地批评余杭：“你这人思想怎么这样啊？如果大家都像你这样想，公司迟早会倒闭的。”

“西湖，我觉得你的性格本来就很急，有时候是得控制一下自己的脾气。”

“我性子急怎么了?那也是为了公司好，为了大家都好，这是我的事业。”。

“我看你是野心太大，锋芒毕露，这样吃亏的是你自己。”

“我不需要你来教，你先管好你自己。”

“我怎么了？”

“你怎么了，你自己心里清楚。”

余杭能想到的也就是和夏洪园那点事，但他问心无愧，也懒得解释。确实，余杭和叶西湖的性格是截然相反的，一个急，一个慢，一个锋芒毕露，一个心平气和。

叶西湖不甘心自己的方案被否决，觉得自己也应该收敛一些，主动向周家村认错。

周家村说：“你也觉得自己错了吗？”

“是的，周总。”

“我看你是太骄傲了。”

“我没有。”

“年轻人啊，不要轻易露出自己的锋芒，其实自陈总监走后，我就应该让你收敛一下的。现在你看看，你们销售部和各个部门的关系这么僵。”周家村语重心长地说。

“周总，我会和销售部门的同事开会，进行自我检讨。但是电商销售的方案，请您支持。”

“我们实体销售这么好，电商这块业务没有必要花大精力和财力去开拓。”周家村还是坚持自己的意见。

“周总，我们得有长远的目光，您不是说公司这两年还要上市吗？以后的市场肯定是在互联网上的。您不应该这么顽固。”

“你是在教育我吗？”

“我不敢。您看看现在互联网‘双十一’的销售额，未来五年，我们要走出国门，成为国际化的品牌，必须要通过互联网销售，而不是实体店。”叶西湖还是想要说服周家村。

但是一直到叶西湖辞职离开，周家村也没有同意她的销售方案。叶西湖有时候想，或许真的如余杭说的那样，自己赚点钱开心一点，比公司的发展更好。

余杭在永策影视就保持了不过于显露自己锋芒的处事态度，他对宋城还是如他刚进影视行业时候一样毕恭毕敬，和同事们，和他部门里的编剧们，都保持着友好的关系。他写剧本已经熟门熟路，而且顺风顺水，因为他知道了宋城需要什么，就算这可能不是市场需要的，不是电视台需要的，但只要宋城觉得满意，余杭就这样做。

也是在这个时候，余杭感觉自己在创作上遇到了瓶颈。后来余杭再来回忆这段时间里所发生的事情，他觉得这不光是他创作的瓶颈期，也是整个影视行业的瓶颈期。

第三十章　影视人的瓶颈期

余杭在剧本创作上的瓶颈，主要是写的东西无法突破之前写的。确实如此,永策影视上市之后,宋城开始疯狂拍戏,也不管剧本好不好,导致了大量电视剧卖不出去,几乎没有剧再上星播出。

余杭带着两个网络作家写的那部剧，被广电总局拉入了黑名单,永远不许播出,这让宋城至少亏损了五千万元。

此时的影视市场已经不像五年前,只要演员好,一线的卫视就会购买。宋城的模式开始落伍,此时网络剧兴起,但宋城还是坚持做传统的电视剧,拍得还很粗糙。

开会的时候,余杭还是小心翼翼地提了出来:“宋总,接下去的市场,网络剧会很火,我们永策影视有这个实力,可以购买一些大的项目来改编创作。”

宋城还有点疑惑。

余杭见宋城有兴趣,立即开说:“是的,我和一些知名网络作家都比较熟悉,我们可以购买他们的小说来进行改编,或是和他们合作，像《盗墓日记》如果改编成网络剧，绝对会火的。”

“这个是什么价格？”宋城又问。

“我上次问过作者本人，他现在写了七本了，还有一部，如果一起购买，差不多一千万元。”

宋城冷笑了一声：“一千万元?开什么玩笑，估计想钱想疯了。”

这时，有个叫冷江的网络作家说：“我觉得宋总说得很对，宋总，其实我也写了一部小说，叫《盗宝记》，您要是有兴趣，可以先看看，价格随便你开。”

冷江现在也在做编剧，不过写得不行，之前在横店剧组里打杂，后来做了场记，看过几个剧本，看到永策影视在招聘编剧，给一个导演送了东西，导演力荐给了宋城，就这样神不知鬼不觉，成了永策影视的编剧。冷江在剧组混过几年，嘴皮子功夫好，会拍马屁，一下子迎合了宋城的口味。

余杭瞧不起冷江这种人，但自己也无法突破创作领域，他在永策影视已经写了十部电视剧，参与创作的快二十部了，但他回过头想想，让他自己满意的作品，一部都没有。

他想过离开到外面闯一闯，去读书，或是去别的公司，但他又没有这个勇气，觉得自己辞职了，对不起宋城的栽培之恩。

既来之则安之，余杭想，既然要留在永策影视做编剧，那还是好好干，和冷江这类人保持距离，做好自己手头上的工作。余杭喜欢民国那段历史，又善于写战争剧，他想在这方面找突破口。

永策影视不断向外扩张，需要大量的资金，宋城在上市之前从来不和银行贷款，现在上市了反而得向各家银行贷款，而且贷的资金还不小。只有宋城自己心里清楚,这样下去也不是个办法,公司里压着十多部电视剧发行不出去,就意味着资金压在这里,如果都播不了,就等于是亏损,换成是别的公司,早就死掉好几次了。

宋城当然不会服输，既然做影视剧到了瓶颈期，那他就玩资本,不是成功运作了一家上市公司嘛,那就可以做第二家,但第二家肯定不能再做影视,就做文化相关的。宋城看中了动漫市场,于是第二家公司就是永策动漫。

这个时候余杭虽然不看好,但他也不再提意见,因为他知道无论自己说什么,宋城也听不进去,那就不如不说。

余杭就顺着宋城的想法,准备了一堆日本的、美国的动漫资料给宋城,并且说:"宋总,做动漫真的很好,我小时候就喜欢画画,没想到我们公司竟然也会涉猎动漫产业了。"

宋城看了余杭整理的资料,点头赞扬道:"小余啊,你这次做得很好,有当年你刚来的那股劲了。"

"谢谢宋总,希望我能给永策动漫做一份贡献。"

"以后永策动漫的会议,你也过来一起参加,接下来我们会招聘一批动漫人才,你也出谋划策,给他们一些意见。"

余杭本以为宋城会让他来做动漫公司的负责人,但是并没有,宋城从外面高薪聘请了一批做动漫的人,年薪在公司副总之上。宋城以为高薪之下必有人才,可以用一两年的时间,把永策动漫搞上市,但是宋城不知道,他给自己挖了一个坑,把永策影视也拖进了里面。

第三十一章　见父母

国庆节有七天的长假，余杭打算休息几天，主动向叶西湖提出："西湖，国庆节，要不要去见一下你的爸妈？"

叶西湖和余杭同居了这么多年，但从来没有和自己的父母说起过，或许大多数年轻人都这样。叶西湖问："真要去见啊？"

"前几年就应该见了，我们都忙着自己的事业，把见父母这事耽误了。"

"那我先和他们说一下。"叶西湖靠在余杭的肩膀上，她觉得还是自己的男朋友最靠谱。

余杭搂住叶西湖说："好，见了你爸妈之后，就带你去见我的爸妈，今年如果顺利，年底我们先把结婚证领了，这样就可以去买房子了。"

叶西湖一阵激动，她已经好久没有这样的感觉了，想到结婚买房，她突然觉得自己在杭州这些年也算有了不小的收获。

第二天中午，叶西湖给父母打了电话后，叶母虽然有些惊讶，但还是说:“那就带来看看吧。”

“妈,怎么感觉你不高兴?”

“高兴,怎么不高兴了,你自己看对的人,妈能反对吗?”

“可是你的语气不怎么好。”

“哎,你之前也不早说,本来国庆节妈还给你约了相亲对象,是市政府公务员,条件很好的。”

“我不见,我要是和他在一起,我还得放弃在杭州的事业回诸暨。”

“回诸暨不好吗?女孩子就应该在父母身边的。”

“好了好了,不跟你说了,反正国庆节我把男朋友带回来给你们看,你们也准备一下。”

见父母毕竟是大事,在国庆前半个月,余杭和叶西湖就开始准备了,尤其是余杭,别人是女方见公婆会紧张,余杭却反过来。叶西湖开玩笑说:“丑女婿总是要见老老丈人的嘛,别紧张,有我在,我爸妈不会对你怎样的。”

“谁紧张了?”

“你这几天不是去买礼物,就是晚上辗转反侧。”

“我想给你爸妈留个好印象,让他们喜欢我。”

“我喜欢你就行啦。”

这几天是余杭最难熬的日子,写剧本也心不在焉。终于挨到了国庆节,他和叶西湖来到诸暨枫桥。他之前来过一次,这一次倒像是故地重游,不过也没有心思欣赏美景。

到了叶西湖家里,叶父已经在门口迎接,余杭上前叫了声:“叔叔好。”

叶父很客气，还和余杭握了一下手，看着余杭提着很多礼物，说：“来就来，买这么多东西。”

“给您和阿姨买的，都是应该的。”

叶西湖拉着余杭进了客厅：“我给你泡茶。”

叶母正在厨房做菜，叶西湖上前去：“妈，余杭来了。”

叶母只应了声：“噢。”

“你也出去和他见个面。”

“没看见我在做菜吗？”

“过会儿做也来得及。”

叶母放下手中的活，走了出去，叶西湖也给余杭泡好了茶。

叶父正和余杭聊：“听西湖说，你是做影视的？”

“是的，叔叔，我是写剧本的。”

“哦，那是作家啊。”

“是编剧，不过我之前也写过小说。”

“很好啊。”叶父笑着说。

叶母走过来，坐到丈夫身边。

余杭站了起来，说：“阿姨……”

叶母没有抬头，问了句：“你和我们家西湖在一起多久了？”

余杭愣了一下，被叶母这个问题问住了，叶西湖连忙打圆场：“妈，我不是和你说过了？我和余杭是大学同学。”

叶母说：“我是问，你们在一起多久了？”

余杭说五年，叶西湖说七年。

“到底几年啊？”叶母的语气已经加重了。

叶西湖说：“五年，是五年。”

叶母说：“五年也好，七年也好，你们在一起都这么长时间了，才把你们俩的事情说出来。余杭，我问你，你有没有和你爸妈说过我们家西湖？”

余杭说：“说过的，这次先来见你们，过段时间我就带着西湖去见我的爸妈。”

叶母说：“我看不用见了，说话都这么不诚实，你是编剧吧，说的话都是编出来的是吗？”

“不是的，阿姨，我对西湖是真心实意的……”

叶西湖有些生气：“妈，我第一次带余杭来，你就说这种话。”

叶父也来劝：“好了，都别说了，吃饭吧。余杭，你会喝酒吗？”

“喝什么酒。”叶母气冲冲站起来，离开了客厅。

叶父拍了拍余杭的肩膀说：“小余啊，你阿姨性子急，脾气差，但心地是很善良的，她说话冲，你不要放心上啊。”

“不会的，叔叔。”

叶母有她的道理在，她说：“你们在一起这么长时间，就应该告诉我，既然你已经有男朋友了，就别让我给你找对象了。”

“不是我要找，是你在给我找，我又不需要。”

“我都是为了你好，为了能把你留在身边，我就你这么一个宝贝女儿。而且那几个人，确实比这个余杭要好。”

“在我眼里，就是余杭最好。”

“你这孩子怎么这么倔？你跟着他在杭州能幸福吗？工作了这

么多年，要什么没什么。他有房子吗？”

“有。本来这次见了你们后，我们就打算去买房下定金了。你却不给余杭好脸色。”

“你看看，现在连结婚证都没有拿，就说去买房，房产证上是不是就不用写你的名字了？”

“我们是要领证的。”

“我觉得他不靠谱。”

叶西湖已经不想再吵下去。有那么一段时间她也不给家里打电话，叶父电话打过来，叶西湖也不接。

余杭反过来劝说叶西湖，让她不要生气，他想带着她去见他的父母。叶西湖本来也做好准备去见余杭的父母，但是她退缩了，她犹豫了，她觉得迷茫，无论是情感还是工作，她觉得自己很难做出抉择。

“余杭，我想暂时先不去了，我最近状态不太好。”

“是不是身体不舒服？”

“不是的，工作上一些事情让我很烦心。”

“这家公司也不是你的，你干吗这么在意公司的发展？你要是觉得做得不开心，就换一份工作。”

“不是你想的那样，我们都快三十岁的人了，不能说换工作就换工作，前程是我们自己的，不能太随意。”

“我带你去我们老家，也散散心啊，我已经和我爸妈说过了。”余杭带着乞求的口吻说。

“我最近真的没有心情，你就不能考虑一下我的感受吗？”叶西湖不想多说,回去睡觉了。

余杭很少生气,但这一次他真的生气了,生的是闷气,他觉得叶西湖是在找借口。

叶西湖躲在被窝里,默默地流下了眼泪,她本以为余杭会从她身后抱住她,安慰她。但是余杭终究没有。

第三十二章　艰难的抉择

叶西湖想过离开丽蒂,但是她真的很难做出这样的抉择。她是把丽蒂当成家的,把周家村当成了自己的师父,如果她离开,就有种背叛师门的感觉。有大型的化妆品公司来挖她,开出了丰厚的待遇,但是她绝对不会去。就算离开了丽蒂,她也不会去同行的公司上班。

周家村已经连着三次否决了叶西湖上报的销售方案。事不过三嘛,叶西湖心里也明白周总铁了心不再器重信任她了,她很难过,但又不能在销售部的同事面前表现出来。

她还是得做出积极工作的样子,这半年销售部的业绩有所下滑,不得不说这是市场导致的,可怕的是,公司的高层们却认为是销售部领导的情绪导致的。

每周例会,之前被打的副总先批评了销售部,并且拐弯抹角地说是叶西湖在背后搞鬼,才导致业绩下滑。

叶西湖直接向周家村汇报:“周总,这两个月业绩的下滑,是因为和我们同类的化妆品公司进军了电商领域，而他们的电商销售带动了专柜的零售。我们必须有危机意识,在紧要关头,进军互联网。”

周家村说:“绕来绕去,你还是想要实行你的销售方案啊。”

叶西湖说:“周总,这是我们目前做大做强唯一的发展方向。”

周家村有些松口了:“这套方案我交给马总来做，你还是做好你们在各大一二线城市的专柜销售。”

叶西湖说:“可是周总……”

周家村没再理睬叶西湖。叶西湖知道周总对她已经心存芥蒂,就算公司开始做互联网销售,也不会让她来执行。

叶西湖的心里很难过。

就在这个时候，销售部一个叫文新的实习生给叶西湖泡了一杯咖啡,站在叶西湖的面前。

叶西湖抬头问:“找我有事？”

文新说:“叶总，我觉得您想开拓互联网销售渠道的思路很好啊,就是缺少胆量。”

“我的胆量还不够？”

“当然不够啦,换是我,现在立马跳槽,或者自己单干。”

“单干？”叶西湖心里惊了一下。

“对啊,单干,总比在这里受窝囊气强吧。”

叶西湖思索了一下,没有说话。

文新上前去,轻声说:“叶总,您要是单干,可得带上我,我就想跟着您学做销售。”

叶西湖看着文新，重新审视这个小姑娘。文新是九〇后，今年大学刚毕业。突然间叶西湖觉得眼前的这个小姑娘不就是当年的自己吗？敢作敢当，敢闯敢为，天不怕地不怕，在职场上的这几年，叶西湖认为是自己胆子变小了，前怕狼后怕虎的，完全没有大学时期的那股闯劲了。

自从上一次创业失败后，她其实真没有想过再创业，现在做哪一行都不容易，自己干就更加不容易，虽然赚钱都是自己拿大头，但亏损了也得自己担着，员工可以拍拍屁股走人。

不过年轻人不就应该闯一闯吗？一次失败算什么。在丽蒂公司再待下去，这辈子也不可能实现梦想的。

叶西湖还是犹豫了两天。

余杭见叶西湖总是闷声不说话，有些着急，特意抽出时间来给叶西湖做好吃的，叶西湖只吃一点就说饱了。

余杭把叶西湖带到了舟山东路，让她回忆青春时期的美好，问："西湖，你到底是怎么了，有什么事不能告诉我吗？"

叶西湖没有想到余杭会带她到曾经开店的那个地方，心里更加纠结了，但还是说出了心里的话："余杭，我想再创业。"

余杭有些猝不及防，说："今天也太巧了，我把你带到舟山东路来，就刚好到了你以前开店的地方，你又说你要再创业。西湖，你说的是真的吗？真的要再创业？"

"余杭，我不是开玩笑。"

"你在丽蒂不开心，换一家公司上班就行了，凭你现在的工作经验，肯定能找到一家更好的，待遇也会更好，何必再创业来折磨自己呢？”

叶西湖还是坚持自己的想法：“是的，你说得没有错，凭我现在的资历，完全可以找到一份更好的工作，但我还是想要再创业，自己来干。我还这么年轻，就算是折磨，又有什么好怕的？”

“西湖，我们都不小了，又不是学生想干吗就干吗。”

“我已经决定了。”叶西湖往舟山东路的尽头走去。

这一次，余杭没有支持叶西湖，他没有女友的这股闯劲，他想结婚。在别人看来，他这个样子似乎显得有些落后，但他有他的想法，他想要先成家再立业，用他和叶西湖两个人的钱，把房子买好，这样他们就在杭州立下了脚跟。

叶西湖看出了余杭的不开心，但觉得自己没有错，她想要再创业是为了自己的梦想，余杭有成为金牌编剧的梦想，为什么她不能有她自己的梦想？

两人又开始冷战，去见余杭父母的事情就此耽搁下来。

叶西湖最烦恼的还是如何向周家村开口。拖下去也不是办法，叶西湖先给周家村发了一份邮件，语气很委婉，表示自己没有更大的发展空间，当然最主要的原因还是她自己。

邮件发出半个月，周家村还是没有回复，开会的时候也不提这个问题。

倒是文新问了叶西湖两次：“叶总，你是不是真打算辞职了？”

“你怎么知道？”

“我有这种感觉。”

叶西湖看着眼前这个实习生，说：“真要辞职了，就带上你。”

文新很开心："谢谢叶总，谢谢您。"

这个时候，叶西湖也不怕同事说什么了，反正她已经决定要辞职，她想还是干脆一点，直接当面辞职。

叶西湖来到周家村的办公室，酝酿了一下情绪，把要辞职的事情和周家村说了。

周家村显得很平静："真的想好了？"

"想了一段时间了，我发给您了邮件，您一直没有回复。"

"那个邮件我看了，其实，我还是想要留你。不过你的性格我也懂，你决定的事情，谁也不能改变。"

叶西湖的心里有些愧疚，说："周总，您是我的师父，我对不起您对我的栽培之恩，您放心，我不会去同行业的公司。"

周家村笑了笑："就算你去，又怎样？西湖啊，把心放宽一些，不要觉得对不起我，这几年你也为公司创造出了很大的价值。"

叶西湖向周家村鞠了一躬："谢谢您，周总。"

叶西湖真的很感激自己生命中能出现像周家村这样的恩人，在她起步时，慧眼识珠把她扶上位，在她想要飞的时候，也放任她自由。这样好的东家，说实话，不应该离开。但是为了心中的梦想，叶西湖必须舍得放下，放下高收入，放下优越的职位，甚至是放下最爱的男孩，她都心甘情愿。

再创业，真的需要放下一切，轻装上阵。

第三十三章　再创业

再创业哪有这么容易，叶西湖的做法首先打破了余杭在杭州买房的梦想,这也导致了两人爱情的破裂。

余杭坚持自己的观点,不支持叶西湖再创业。

叶西湖没有和余杭商量,用手头上的积蓄租了办公场所,是梦想小镇里的一个小单间,面积不是很大,是一个跃层,楼上楼下,楼下做会客厅,楼上办公,互相不干扰。

叶西湖离开丽蒂公司,只带了文新一个人。本来她一个人也不想带,但是文新一心想要跟着她。

文新看出叶西湖的顾虑,说:“叶总,我还不算是丽蒂的人呢,只是实习生,您带上我没事的,周总不会说什么。”

叶西湖想想也对,关键是文新自己也很积极主动,创业之初就需要这样的年轻人,能一起去闯去打拼。

叶西湖搬进了杭州城西的梦想小镇里,创业之初,就她自己和文新两个人。

文新是个好的管家婆，从租办公用地到添置办公物品，差不多都是她一个人干的。当然都是网购，也很方便快捷，连办公的桌子椅子都是送货上门安装。

叶西湖的公司一下子就成型了，业务就是互联网销售，卖的产品还是叶西湖最熟悉的服装和化妆品。

从大学时期开始创业到现在，叶西湖已经积累了很多经验，从服装到化妆品，从实体销售到互联网销售，她相信自己的梦想是可以实现的。

叶西湖每天上下班都会经过电商城，只要看到那些奋斗者们，看到通宵的灯火，她心中的梦想也跟着燃烧。

叶西湖开始做互联网销售的时候，也正是电子商业如日中天之时，叶西湖的事业也跟着火了起来。

经常忙到深夜，忙到凌晨也是常有的事情，这个时候叶西湖一个人在和客户们对接，有时候下班回到西溪花园，已经是凌晨两三点。

余杭已经没有当初对叶西湖的关爱了，两人之间没有多少交流。叶西湖最近在忙什么他也不过问，叶西湖也不和他多说。

两个恋人同居在一起，却像是陌生人一样。有人说，七年之痒，婚姻到了第七年就会进入危险期。叶西湖和余杭都没有想到，原来爱情也会有七年之痒。

只是当时两人都惘然，没有把这种危机放在心上，及时去处理，以至于危险越来越严重。

叶西湖承认自己就是一个工作狂，再创业对她来说压力很大，挑战很多,这也成为她奋不顾身扑在工作上的理由。互联网销售是个新兴行业，给像叶西湖这样走在最前面的年轻人带来了丰厚的收入。她在互联网销售化妆品,主打的还是丽蒂,货源还是老东家这里,也许是周家村打过招呼,她拿到了最低的进价,这也给她带来了利润空间。

叶西湖之前积累的经验，加上现在互联网销售的快速配送方式,受到了大量上班族的青睐。

很快,叶西湖又招了三个人帮她做业务,这样一来,她倒是有时间去思考未来的道路。叶西湖还是喜欢一个人坐在咖啡馆里静静地思考,有时坐在室外晒晒暖暖的阳光,好不惬意。

中午,叶西湖坐在那里,仿佛回到了学生时期,迷迷糊糊中小睡过去。睁开眼睛的时候,面前坐着一个很阳光的男生。

男生对叶西湖笑了一下,问道:“不好意思,这里没有人坐吧?”

“没有。”

那男生没有再多说什么,礼貌地点了一下头,喝了一口咖啡。

叶西湖不是第一次看到这个男生,后来她才知道,这个男生也注意她很长时间了,他鼓起了勇气,坐到叶西湖的对面。

是的,这不是梦,这是出现在叶西湖爱情中的第二个人,他在未来科技城工作,叫钱唐,比叶西湖还小五岁。

叶西湖拿起自己的咖啡杯离开了,她对这类男生不感兴趣,也没有把他放在心上。

午后的小憩时间,叶西湖又有了新的想法,她想要突破现有的模式,进入国际市场。想法很好,但实行起来不容易,首先她得寻找国际销售的合作伙伴。

叶西湖还是想要寻找突破口，她请之前认识的几个老同事吃饭。这顿饭吃得很值得，其中一位销售界的前辈给了叶西湖一个欧洲经销商的联系方式。

前辈说："西湖啊，这个人叫戴维，我和他们中国区的同事倒是熟悉，和戴维只见过一面，估计他也不记得我了。你自己联系，还是得靠自己啊，祝你好运。"

叶西湖感谢了这位前辈，很快向戴维发送了微信好友申请，但是两天过去，戴维也没有通过好友申请，她本想打电话，又觉得太冒昧。可能戴维看不上她们这样的小企业，她有点心灰意冷。过了一周，叶西湖快要忘记这件事的时候，戴维却通过了她的好友申请。

叶西湖很兴奋，用英语和他沟通。

但戴维用语音发来一段相当熟练的中文，表示自己暂时不考虑合作。

叶西湖没有放弃，对戴维说："戴维先生，很高兴认识您，虽然我们暂时不可能会合作，但是希望我们可以做个朋友。"

戴维说："好。"

叶西湖觉得这也是一个突破，只要能和这样的大公司接触，再把自己公司的名声打出去，把公司的运营做扎实了，就有合作的希望。

第三十四章　分手不可能再做朋友

从那个时候起，叶西湖每天在公司工作到凌晨，周末也不休息，和余杭的接触越来越少。

终于有一次，余杭问："西湖，你难道对我没有感觉了吗？"

"问这个干吗，没看见我很忙吗？"

"我们也到了结婚的年龄。"

"明年，明年再说吧。"叶西湖背对着余杭，继续忙自己手头上的事情。

"那就不要结了。"余杭从来没有发过这么大的火。

叶西湖也火了："余杭，你这么个大男人，整天想着结婚，我都不着急，你急什么？你应该想想你自己的事业，你写了这么多年的剧本，你自己说说有没有好剧本出来？难道你就想给宋城当一辈子'枪手'吗？"

叶西湖的话惊醒了余杭，也戳中了他的痛点，确实，对于他这样的编剧来说，虽然已经开始有署名权，但题材都是宋城想的，总编剧也挂着宋城的名字,余杭自己想要写的题材都被宋城否决。

可是余杭嘴上肯定不会承认,觉得叶西湖完全不考虑他的处境,只忙着她自己的事业,这么多年来,都是他迁就着叶西湖。他已经三次答应过他父母,带女朋友回家,可叶西湖一直说没有时间。余杭觉得她是在应付他。

分手是余杭提出来的,余杭说:“西湖,我们俩在一起这么多年了,一开始我们还是奔着结婚的,但是现在看来不太是了。”

“什么意思?”

“既然不可能结婚,又何必这样浪费彼此的时间?分手吧。”余杭说出这话时,其实心里是很痛苦的。

叶西湖想要挽留这份爱情,但她觉得自己很委屈,没有说话。

余杭却认为叶西湖默认了,第二天,他给叶西湖发了信息,说自己去外面找房子了,给她留了一笔钱。

叶西湖看到余杭的信息,彻底恼了,直接打电话:“余杭,你给我留的钱是分手费吗?我和你在一起这么多年的青春,是要你这笔分手费吗?”

余杭沉默着。

叶西湖继续愤怒地说:“好,你给我滚,有多远滚多远。”

余杭终于无法再说什么,心却是那样的痛。

叶西湖挂了电话,已是泪流满面,她的心更加痛。

叶西湖晚上回到西溪花园的时候,发现余杭已经收拾好了行囊。

叶西湖想要开口说不要分手,但她终究没有说出口。

那一夜，两人背对着背，一句话也没有说，只是各自的泪水浸湿了枕头。

天亮的时候，余杭洗漱完，拉起了自己的行李，对叶西湖说："我们还可以做朋友吗？"

叶西湖很倔强地说："不可能。"

余杭点了一下头，转身离去。

叶西湖终于号啕大哭起来。

七年之爱，难道就这样结束了吗？叶西湖觉得余杭太绝情了，就这样抛弃了她，不，是她抛弃了余杭，抛弃了他们的爱情，是她没有顾及余杭的感受，她可以去追余杭，求他留下来，可是这样求来的爱，又能长久吗？

眼泪止不住流下来，叶西湖躲在房间里，三天三夜没有出门，任谁打来电话也不接。

余杭心如刀绞，喝水的时候心都在痛，他舍不得叶西湖，只要叶西湖给他发条信息，或许他就会回去，但是他一直没有收到信息或是电话。长痛不如短痛，就这样吧，就这样结束吧。对于大家来说，可能也是好的。

为了忘却失恋的痛苦，叶西湖一心扑在自己的事业上。

那个叫钱唐的男生注意到了叶西湖的心情似乎有些不好。叶西湖在未来科技城喝咖啡的时候，钱唐再一次主动靠近了她。

"你好，我叫钱唐。"钱唐很有礼貌地说。

叶西湖没有说话，只是点了一下头。

钱唐又说："我也在这里上班……"

“你有什么事？”叶西湖显然有些不耐烦。

“没什么事，只是经常会在这里碰见你，和你打个招呼。”

叶西湖没有再理睬钱唐，起身离开。但像是命中注定有这缘分，叶西湖也没有想到戴维他们公司在中国的分公司就在未来科技城，钱唐就是分公司的一员。

互联网销售已经成为当下零售行业的重中之重，在都市快节奏的生活方式下，年轻人们都选择了网购，叶西湖也正是抓住了这样的机遇，把公司的口碑做了出来，成为梦想小镇里的示范单位。她觉得有底气和戴维进行商务洽谈和长远合作。

戴维让叶西湖先和他的同事对接。这个人就是钱唐。

钱唐再见到叶西湖的时候也很惊讶：“怎么是你啊姐姐。”

叶西湖已经很久没有去未来科技城，主要还是为了避开钱唐，她看到钱唐，也挺惊讶，怎么会是他？叶西湖淡然一笑，说道：“我有这么老吗？叫我姐姐？”

“不不，你很青春，那我叫你小姐姐呗。”

一次商务会谈，却像两个老朋友相见。钱唐不是油嘴滑舌的人，只是性格很开朗，从小受到良好的教育，后来在国外读了五年书，但一心想要回国工作，他觉得国内的发展空间比国外大。

他先在北京实习了半年，随后被派遣到杭州，没想到来杭州上班的第一周就遇见了叶西湖。他知道这个女孩的年纪比自己大，但仍很心动。那次冒昧出击后，好长一些时间里都没有再看到叶西湖，钱唐以为这辈子都见不到她了，没想到，这次商务对接竟然还能遇见。

钱唐太激动了，他认为这绝对是他和她的缘分，他一定要珍惜这份缘。

叶西湖倒是很理智，虽然她也觉得挺巧的，可她心里只有一个目的，就是谈判能成功。她说："我希望戴维先生可以亲自来我们公司参观，大家坐下来商谈合作。"

"我会邀请他的，他下次来中国的时候，我一定能让他来你们公司。"钱唐信心十足地说。

"感谢的话就不多说了，希望我们能合作成功，取得双赢。"

"那是那是，有我在，你就放心吧。"

钱唐虽然这么说，但叶西湖对眼前这个小伙子还是不放心，他越是这样打包票，感觉越不靠谱。钱唐回到公司后，就和戴维做了汇报，极力邀请来杭州和叶西湖面谈，当然他也很有策略，说叶西湖的这家公司很有实力，而且未来五年，将会是互联网销售的天下，总公司千万不能错过这样的合作机会。

戴维被钱唐说动了，答应来中国，来杭州梦想小镇和叶西湖进行商务会谈。钱唐第一时间告知了叶西湖，叶西湖没有想到这个年轻人的工作效率这么高，表示要请他吃饭。

钱唐开心得不得了，却还是很绅士地说："当然得我请客了，我选一个好地方，你定下时间，我带你去，肯定会让你满意的。"

叶西湖本以为钱唐会带她去很高档的地方，不料钱唐带她去了杭州城西郊外的一个农庄，农庄的名字叫"慢时光"，景色如世外桃源一般。

"呵，真想不到，杭州郊外竟然还有这样的好风光。"叶西湖一边拍照一边说。

“我第一次来,也被这里的风景吸引了。”

“你不是刚回国吗,怎么就发现了这么好的地方?”

“嘿嘿,我不是单身嘛,没事的时候,就喜欢一个人瞎逛,拿着相机开着车,竟然发现了这片世外桃源,真有点像陶渊明写的《桃花源记》。”

叶西湖听钱唐说到《桃花源记》,她竟然想起了余杭。余杭也曾经对她说过,等以后退休了,就找一个像桃花源这样的地方去隐居,那时叶西湖还批评余杭,说他没有出息,年纪轻轻就想着要去哪里养老了。

有时候叶西湖真觉得自己和余杭虽然在一起这么多年,但两人的性格一直没有磨合好,每一次吵架或是冷战,都是余杭先讨饶,她明明知道自己也有不对的地方,但就是不肯认输。

她想给余杭发条消息,最终没有发,她知道他们分手后就算是做朋友,意义也不大,倒不如不再见面,各自寻找新的生活方式反倒最好不过。

余杭和叶西湖分手后,强忍着没有和她联系,他本以为可以做朋友,但看似也不可能了。倒是夏洪园发现了余杭单身,觉得有机可乘,主动出击,对余杭展开了追求。余杭直接拒绝,他不能刚分手就和夏洪园在一起。余杭没有想到自己一下子伤了两个女孩子的心。夏洪园被余杭拒绝后,辞职离开了永策影视,后来再没有和余杭联系。余杭觉得这样也挺好的,干干净净,谁也不亏欠谁。

第三十五章　梦醒时分

许多人的记忆里，一定还有一首老歌:“谁没有一些得不到的梦,谁人负你负我多,谁愿意解释为了什么,一笑已经风云过……”

叶西湖在办公室里听着这首老歌,既然是得不到的梦,何必去强求,一笑看风云过。

戴维已经和叶西湖进行了一次商务会谈,但是合作没有成功,叶西湖当然没有放弃,她准备去英国的总公司,再和他谈判一次。

钱唐知道叶西湖要去英国，表示自己愿意跟随在她身边鞍前马后。

“你在国内还有工作呢,不用陪着我。”

“我刚好也要向总公司汇报,一起去吧。”

叶西湖知道钱唐只是想陪着她，有点不好意思地说:“真的不会耽误你在国内的工作吗?”

“不会不会,不管这次有没有谈成,我陪你在英国玩几天,我在伦敦待了五年,那边我特别熟悉。”

"谢谢你,钱唐。"

"我们俩还谈什么谢啊,小姐姐。"

"以后叫我西湖吧,别叫小姐姐了。"

"嗯,好呀,西湖。"钱唐开心地说。

叶西湖看着眼前这个阳光的大男孩,知道他在英国求学五年,本来在总公司可以拿到很高的年薪,但他主动要求回中国分公司。

钱唐也说自己曾经做过美国梦、英国梦,他的父母都希望他留在国外,但他最后还是选择回到祖国母亲的怀抱,而且选择来杭州。他认为杭州是一座具有包容性的温暖的城市,有更多的创业机会,他在这里的发展空间也更大。钱唐回国的时候,刚好赶上了改革开放后中国最大规模的"海归潮"。

"这个时代竞争压力大,但好的是,这种压力变成了动力,我们年轻人变得更加强大。"钱唐回国仅仅一年时间,就已经是中国分公司的资深研究员。

钱唐陪着叶西湖去伦敦。在飞机上,叶西湖看着窗外碧蓝的天,想着她在杭州为了梦想,一直在奋斗拼搏着,现在也是小有成就,如果这次合作谈成了,她的公司也会成为梦想小镇里最具实力的企业。

想着想着,叶西湖甜甜地睡着了。

钱唐为她盖好了被子,看着她睡得香甜,露出了温馨的一笑。

叶西湖在飞机上睡了很久,像是做了一场梦,一场很长很长的梦,似乎有十年那么长,又或者说像十年那么短,毕竟十年一梦,已是宠辱不惊了。

梦醒时分,叶西湖微微睁开眼,问:“我睡了多久啊?”

“刚好十个小时。”

“不会吧,我怎么睡了这么久?”

“可能是你太累了。”钱唐有些心疼地说。

叶西湖感受到了钱唐无微不至的关怀,她有些感动,在和余杭这么多年里,似乎很少有这样的关爱,当然她也知道余杭是个不善于表达的人。但叶西湖需要的恰恰是这种关爱。

叶西湖又看着窗外,她不知道余杭最近在做什么,现在她有了钱唐,又何必再去想余杭,有些事和有些人,忘记是最好的。她现在已经有了全新的开始。

是的, 全新的开始, 叶西湖在伦敦与戴维进行了一次商务洽谈。戴维没有想到叶西湖会跑到英国和他见面,半带开玩笑地说:“叶总,很高兴和你再次见面,没有想到你把我们中国区的小钱给拿下了。”

叶西湖用微笑回应戴维, 随后从包里拿出了一款小瓷瓶包装的丽蒂新款化妆品给戴维,说:“这是丽蒂的一款新产品,送给您的夫人,我希望不但可以拿下小钱,还能拿下英国的女性朋友。”

钱唐听到戴维和叶西湖这么说,脸红了。

戴维拿着丽蒂的新款化妆品,欣赏着瓷瓶:“中国的青瓷,我也很喜欢,你们把中国的文化很好地结合了进去。”

这一次商务谈判进行得很顺利,双方签订了意向合同。本来钱唐想带着叶西湖逛伦敦, 但是叶西湖一心想回杭州, 落实合作方案。两人又急匆匆回国。

余杭在半年前离开了永策影视，他说自己也到了“梦醒时分”，他把自己觉得满意的剧本大纲送到宋城手上，但宋城没有采纳。

宋城一心扑在融资上，完全不把心思放在做电视剧上，就算是拍戏，他也不顾不管了，任由下面的制片人随意拍，拍出来的作品质量越来越差，积压的电视剧也越来越多。

资金无法回笼，宋城就把自己的股票质押出去，向银行贷款，借的钱也越来越多，而他的第二家上市公司永策动漫因为从一开始就只是为了上市融资，上市后股价一落千丈，已经面临破产。

余杭知道自己再待下去不会有什么出路，倒不如到外面寻求生路。也就是在这个时候，他在创作上找到了突破口。余杭现在写的这部剧叫《我和我的誓言》，讲述二十世纪初期，一群青年为了梦想寻找真理的故事。这些年轻人和余杭他们这群在杭州奋斗的年轻人差不多年纪，只是比余杭早了一个世纪。余杭结合现在年轻观众喜爱的元素，写了一部红色青春题材电视剧。

余杭在影视界做了快十年，也积累了人脉，很快北京一家影视公司找到了他，与他合作《我和我的誓言》，项目顺利在影视城开机。

杭州城将会涌入更多的年轻人，笑过哭过，青年们一直在追梦，未曾放弃……